季・時どき

……………………とき・ときどき……………………

風見治

海鳥社

季・時どき◉目次

心棲む季 …… 125

遙か過ぎし日

ふるさとの町

イーゼルにカンバスが架かっている。描きかけだが、四十四、五年前の故郷の風景である。握り飯のような格好の山がひとつと、オープンして間がないホテルの白い建物がみえる。あとは段々畠と十軒もない人家が描かれている。

人が故郷に寄せる思いはさまざまにちがいない。自分から故郷を捨てた人もいれば、追われるように他郷へ出て行った人もいるだろう。人は故郷を出て初めて故郷を知る。恋しいと思うにしろ、恋しくはないと思うにしろ、やはり故郷なのである。

私は病気療養のために長崎を離れた。その日から長崎は私の故郷となり、まもなく五十年になる。二十歳で離郷したから、古稀がもうすぐそこに来ている。

これまで四、五年に一度とか、十数年ぶりとかに帰郷して、そのたびに故郷の変化におどろき、目を見はって来た。

私が生まれ育ったのは旧市内の伊良林町二丁目、現在の風頭《かざがしら》町である。風頭町には風頭山という丘陵性の山があり、町名はこの山の名に由来する。標高一五〇メートル。

風頭山の上に立つと長崎港や市街地が一望出来た。いまも西に稲佐山、東に彦山、愛宕山、鍋冠山、金比羅などの山が稜線をうねらせていて、昔は荒々しい原野だった風頭山全体は公園になっている。公園といっても山の斜面に遊歩道が整備され、亀山社中の由緒によるのだろう、坂本竜馬像が建立され、港を見下ろしている。ただ港や市街の眺めは大きくなりすぎた木の枝に邪魔されて、今日では多くを望めない。

風頭町は風頭山の南にある。私の少年時代は五十戸ほどの人家が点在しているだけだった。住民は石塊の多い畠を耕し、農耕用の牛を飼い、日雇で働き、三菱造船所に通勤するなどして生計を樹てていた。それほど豊かな家とて無く、子供を育て、日常を食べて行くだけといった感じの暮らしぶりであった。

風頭山のふところに抱きこまれたような町がふるさとであり、私はいまもこの町へ帰ろうとする。どちらかといえば貧しかった農村が、山の上の街といわれるほどに変化し、ホテルが建ってからはタクシーや観光バスが頻繁に出入りし、昔の面影どころか、自分の生まれた家さえ定かではなくなってしまっている。

それなのに私はやはりこの土地へ戻って来て、町を歩き、過ぎ去った時をまさぐっている。

室生犀星は、「ふるさとは遠くにありて思ふもの」と詩い、石川啄木は、「ふるさとの訛りなつかし」と詠む。

近頃久しぶりに風頭山に登ってみた。子供の頃は駆け上っても息が切れることもなかったが、いまでは這うような格好でしか登れない。

山頂に立つと、周囲の景色は一変してしまっている。山の斜面や畠に積木のように重なり合った建物が、威圧感をもって迫ってくる。私の記憶につながるものはほとんど山の稜線だけである。それなのに私は戻って来て、そこに昔日の時をみようとする。それがなぜなのかわからない。単に人間のなかの回帰性によるのか。それだけで説明出来るのか。

私がいまカンバスに描いているのは、風頭山からみた風頭町の昔の風景である。建物が幾何学的な線を描いて折り重なっている町には、望郷の思いなど入りこむ余地はない。それでも私はいまもこの土地に帰ってくる。父や母や兄たちもすでに死没してしまい、道で行き交う人も見知らぬ人ばかりとなった土地にである。

うらぶれて異土の乞食《かたゐ》となるとても
帰るところにあるまじや

室生犀星である。

坂

長崎に幣振坂《へいふりざか》と呼ばれる坂がある。数多い坂のなかのひとつだ。よく知られている眼鏡橋を東へたどると、皓台寺、大音寺という寺の間の道になる。だらだら坂のその道をものの五分も歩くと、目のまえに胸に迫ってくるような石段の坂がある。これが幣振坂だ。

幣振坂は風頭山をめざして石が積み上げられている石段ばかりの坂である。この坂が山頂の風頭住民のために積み上げられたものか、風頭山麓に広がる墓場へ詣る人のために取りつけられたものかわからない。ただ昔は風頭の住民と市街をつなぐ唯一の道だったといっても過言ではない。風頭に住む者はこの坂を登り下りして、働きに行き、学校へ通い、主婦たちは野菜売りに出かけ、百姓は牛に鞍を置いて屎尿の入った桶を運びあげていた。

私もこの幣振坂を通って小学校へ行った。子供の頃はなんの苦もなく、ときには二、三段まとめて飛びこえ学校へ走ったものだ。二百段はあるだろうこの坂を、小学校時代だけでも五、六千回は登り下りしたにちがいない。

この幣振坂を三十五年ぶりに登ってみた。来年七十歳になる年になって登りきれるかどうか自信はなかったが、これが人生最後かも知れないという思いもあった。

タクシーを大音寺の境内で降りて、登り口まで行くと、坂は私の記憶と違わず、目のまえにあった。ただ、いまでは坂の片側に手すりが取りつけられ、角がまるくなって不揃いだった石段は、きれいに角がつけられ、石と石の間の隙間にセメントが詰めこまれていた。それでも勾配のけわしさは変わっていなかった。

私は目のまえに立ち塞がるような格好の坂をみて、一瞬躊躇した。年寄りの冷水ということにならないかと思い、無理なようであれば途中で断念しようと思い、足を踏み出した。腰が引けて踏ん張る足に力が入らないのがわかった。私は結局手すりにつかまることにした。

この幣振坂の両側は墓ばかりである。『長崎墓所一覧——風頭山麓篇』（長崎文献社）という本まで出版されているように、林立する石塔群で風頭山麓一帯が占められている。そしてそこには有名、無名の長崎人が眠っている。町年寄、唐通事、商人、町人とさまざまである。

皓台寺と大音寺の間の坂を登ると、その中間ほどの所に一本の榎が枝を広げていて、榎は現在でも健在である。この榎の陰で野菜売りに出かけた主婦たちが、夏などにはよく休息をとっていた。

這う這うの態で榎の下まで登った私は、榎の下陰の石にへたりこむようにして腰を下ろした。

見下ろせば私が登って来た坂は、ちょうど坑山の竪坑のように眼下に口を開いている。私は子供の頃この石段の坂を当たりまえのように駆け下った自分がいたとは信じられない思いになった。

しばらく休息したあと、私は自分が腰を下ろしているその下に、一軒の墓守りの家があったことを思いだした。しかしいまはその家は跡形もなく消え失せて、屋敷跡には墓石が立ち並んでいるだけとなっていた。墓守りの家には聾唖の娘が父親と住んでいて、娘は結婚もしていなかったから、父と娘はすでに死に絶えたのでもあろうか、と私は思った。

病気療養のため私が離郷して五十年の歳月が流れている。三十五年前に私がこの幣振坂を登った時には、墓守りの家はまだ建っていた。三十五年を経て、その家の跡は墓石だけが立っている風景となっている。私は腰をあげて坂を登りながら、やがては自分も時の彼方に消えて行く存在ではあるのだと呟いていた。

地蔵尊

私の生まれ育った町の二キロとはないだろう道の、その道沿いに三カ所、地蔵尊が祀られていた。この地蔵尊を町の者は下ン地蔵さん、上の地蔵さん、四ガ辻の地蔵さんと呼びなれていた。

本来地蔵尊とは地蔵菩薩のことで、たいてい親しみをこめて地蔵さんと呼ばれているようである。広道の一切衆生の苦を除き、福利を与えるとされ、俗信では小児の成長を守り、夭折した時はその死後を救いとると信じられている。そして地蔵の霊験のはたらきなどによっていろいろの名で呼ばれている。たとえば腹帯地蔵、雨降地蔵、お初地蔵、とげぬき地蔵、延命地蔵などである。実際には土地の名などで呼ばれている地蔵もあるにちがいない。

私の生まれた土地の地蔵にどのような霊験があり、どのような名があったのか知らないが、「下ン地蔵さん」、「上の地蔵さん」、「四ガ辻の地蔵さん」ということで土地の者は事足りていた。子供を探している親をみると、「それは下ン地蔵さんで遊んどったばい」と誰かが教えてくれるというふうにである。

三カ所祀られている地蔵の下と上の地蔵は御堂のなかに祀られていて、その御堂が日頃は子供の格好の遊び場となっていた。ビー玉やカードで遊んだり、庭でかくれんぼをしたりだった。下の地蔵堂は磨屋小学校に通う子供の通学路のかたわらにある所から、地蔵尊の後ろにビー玉やカードを隠しておいては、学校帰りに遊んだ。地蔵堂で道草をしている子供をみても親たちがあまり叱らなかったのは、子供の成長を守るという菩薩の御利益を思ってのことでもあったろうか。

地蔵祭りは年に一回行われていた。その日はとくに上と下の地蔵堂では町内の主婦たちの手によって内外の掃除がされ、庭先には何やら墨書された赤い幟《のぼり》が立てられ、花も替えられて、ローソクが灯され、線香が焚かれていた。そして子供がお詣りに行くと、よく来たといって、主婦たちの誰彼がお接待の菓子を掌にのせてくれるのである。たしか主婦たちは御堂に泊って祭りの夜は地蔵の伽《とぎ》をしていたように思う。宗派には関係なく町内全部で地蔵を守っていたのだろう。

しかし私がいまもわからないでいるのは、小さな町の二キロとはあるまい道沿いに、三カ所も地蔵が祀られていたということである。考えられるのは四ガ辻の地蔵の先に火葬場があったから、夭折した子の死後の救いを願って親が建立し、寄進したのではないかということだ。

子供の時はそこに地蔵が祀られていることは当たりまえのように思い、地蔵祭りも接待の菓子をもらうことだけを楽しみにしていたものだが、建立のいきさつを推測してみると、哀切の思いがする。四ガ辻の地蔵は彦山を背にして三体ほどが野仏のようにして祀られていた。冬は北風に晒されて、胸当ての赤い布がはたはたと鳴っていた情景がいまも私の心に去来する。

火葬場

昭和二十年以前、長崎市にどれほどの火葬場があったのか知らない。私の知っているのは竹久保の火葬場と風頭から白木へ通じる道沿いにあったものである。

この風頭近くにあった火葬場がいつの頃まで使われていたのかもよくわからないが、私がもの心ついた頃にはあまり煙があがっていなかったように思う。その証拠には、私の家のまえの道路を葬式の列が通って行くのをほとんどみたことがなかったからである。ただ母の話によると長崎に急性伝染病が流行した時には、私の家のまえの道を葬式の人が盛んに通ったらしい。そうしたこともあってか、町内には肩に刺青をした人がいて、その人が隠坊の仕事をしておられた。独り暮らしで、焼酎を好きな武下という苗字の人だったが、晩年はどうしておられたのだろう。

この風頭の火葬場の管理をしていた人は田口という人であった。田口さんは銀髪に銀縁の眼鏡、パイプを咥え、ステッキをもって歩いておられた。

火葬場は四ガ辻という地蔵を過ぎ、現在の彦見町へ下ると、道の左手にあった。いまはすっかり住宅などによってわからなくなったが、火葬場の前面には陽当たりのよい斜面に田圃があって、そのむこうにはこんもりとした愛后山がみえた。夏休みになると、私はこの田圃にどじょう釣りに行ったし、腹の赤いいもりが釣針にかかると身ぶるいするような恐い思いもした。まっ黒な背にまっ赤な腹、その腹には黒い斑点があって、色の対比も気味がわるかった。このいもりに噛みつかれると雄牛が仔を産むまで放さないと教えられていたから、それをどこかでは恐がっていたのでもあろう。

火葬場というと何となく不気味な所に思えるが、現実にはそれほどのこともなかった。火葬場へは道からすぐなだらかな坂を登るのだが、この坂の両脇には生垣があって、道には瓦がぎっしりと立てて敷きつめられていた。

瓦を敷きつめた坂を登ると、正面に赤煉瓦造りの火葬炉と煙突があって、炉の壁面には赤錆びた扉がはまっていた。そして右手には参列者の控室と管理人の住居があった。広い硝子戸がめぐらされていて、縁側には籐椅子が置かれ、冬などは木洩れ陽が当たっていた。ここには緑地に金色の縞の入った竹が茂っていたが、今日ではその名残りもないのではあるまいか。

火葬場全体はまわりを高い杉の木で囲まれていて、その他にもいろんな樹木が茂っており、いつも鬱蒼とした雰囲気だった。蟬捕りなどに行くと、火葬炉の周囲には雑草が生え、ひんやりとしていて涼しかった。秋になると小さな実の柿が熟れ、杉の梢にはうべが成っていて、烏がよく来ていた。火葬炉の外には掻き出された灰がうず高く積まれ、雨にうたれて固まった灰からは無数の白い残骨がのぞいたりしていた。

この火葬場も昭和十年代後半にはすっかりさびれてしまっていた。田口さんは住んでおられたが、おそらく太平洋戦争の激化によって、燃料不足や人手不足や、それに竹久保の火葬場への需要が多くなったなどの理由によったのだろう。

現代は人々の生活から人の死が遠ざけられてしまっているという。人は病院で死を迎え、葬式は斎場で行う。

平成十三年十一月に長崎県壱岐に旅行した。その折、原の辻資料館を見学したが、たまたま弥生時代の人面岩偶が出土したあとのことだった。その岩偶をみることが出来たのは幸運だったが、他に私の目をつよく惹いたのは、弥生時代のほぼ完全な形で展示されている人骨だった。それをみた時、一瞬レプリカではないかと不謹慎なことを思ったりした。被葬者が誰であるのか勿論わからぬが、美しい歯をした人骨であった。

火葬場で炉から引き出された骨をみる時、それを生身だった時の姿と思いくらべ、息をのむ思いをすることがある。だが、人はそうした思いをすぐ自分から切り離し、たまたま空が晴れていればその空を仰ぎみて、歩き出す存在かも知れぬ。

川祭り

昔はごく一般的に行われていたことであろうが、私の生まれた土地にも川祭りという行事があった。たとえば大きな川に屋形船を繰り出して、花火を打ち上げてというようなものではなく、水神祭りというようなものである。井戸水や湧き水に感謝してのささやかな行事であった。

私のふるさとは実に石の多い所で、あちこちの山には必ずのように岩が頭を出しており、畠も小石がごろごろしている土地であった。考えてみるに、おそらく巨大な岩盤の上に覆土をのせただけのような地質で成り立っていたのかも知れない。

こうした関係からか、狭い町内でありながら結構水が湧いている所があった。伏流水が時間をかけて地上に湧き出してくるというのではなく、雨が降って二、三時間もすると水量が増えるというようなものだった。

私が子供の頃、町内には十カ所ほどの湧き水の所があったような気がする。大小さまざまといっていいのか、水量も異なっていて、渇水期になるとすぐ干上がる所もあれば、水不足の時にもなかなか渇れない所もあった。勿論井戸も何カ所かはあった。

水汲みは主婦や娘たちの仕事だった。私の家も近くの伯父の家の井戸から貰い水をしていた。バケツを吊した天秤を肩に置いて、水を家に運ぶ姿が昔はよくみられたものだ。

そんなことで川祭りはささやかだが、年に一回行われていた。辞典によると旧暦の六月と十二月の行事とある。町内の川祭りは暑い頃だったように憶えているので、新暦の七月に行われていたものだと思う。ただ井戸をもっている家などでは、井戸端に正月の飾り餅を供えていたから、旧暦十二月の祭りも行っていたのかも知れない。

川祭りといっても簡単なもので、笹竹に節ひとつを残して、二〇センチほどの長さに切った竹筒を二本、棕梠の葉を細く裂いたものでくくって吊し、それに御幣をさげて井戸端や湧き水のそばに立てるのである。そして供物として笹竹に吊り下げた竹筒に酒を注《い》れ、石の上などに半紙にのせた米塩が供えられていた。自然の水の恵みに感謝すると同時に、渇水期の雨乞いもかねていたようである。

現在は水道が設備されて、湧き水や井戸水に頼る必要もなくなり、すっかり人家で埋め尽くされた町では、水の湧く所も少なくなり、川祭りなどという行事もすたれてしまっただろうと思いながら、帰郷した折、水が湧いていた場所を二、三カ所訪ねてみた。

私の予想はなかば的中して、その場所さえわからなくなってしまっているものや、土で埋められてその土の表面にわずかに水のひろがりがみえているだけのものがあった。山の上の要塞のように人家とコンクリートで固められてしまった町では、降った雨は地下に浸みこむこともなく、コンクリートの溝を疾風のように流れ去ってしまうのだろうと想像された。雨が降れば沢蟹がひょろひょろと出て来て、石の間に隠れて行ったりした情景はいまはもう無い。

凧揚げの頃に

手もとに「長崎凧《はた》」の揚げ方と作り方を説明した一枚の紙片がある。発行は長崎市風頭町の小川凧店である。おそらく小学生の教材として配られたものであろう。

長崎には春の到来を告げる名物行事として凧揚げがある。私の子供の頃は月おくれの桃の節句から六月の端午の節句まで、主として日曜祭日に行われていた。場所は金比羅、風頭、唐八景。凧揚げ日も四月三日が風頭、十日が金比羅、二十九日が唐八景と定められていた。しかしこれも昨今では風頭山周辺が住宅の密集する街へ変貌して行くなかで、次第にその場が唐八景へ移って行ったようである。

最近、なかにし礼氏の直木賞受賞によって広く知られるようになった「長崎ぶらぶら節」の、

紙鳶《はた》揚げするなら金比羅　風頭
帰りは一杯機嫌で

と唄われる風情も太平洋戦争前までは名残りをとどめていた。戦争が激しくなり造船所の岸壁に戦艦が艤装のために横付けされてからは、風頭山には水兵が歩哨に立つ監視所が建てられた。

小川凧店は風頭山の登り口のつけ根の所にある。

凧作りは家内工業的な手作業で行われるが、それはおそらく二カ月ほどの季節労働的なものであっただろう。

現在の店主の祖父にあたる人、初代は、小川凧店より少し伊良林町のほうへ下った所に住んでおられて、春が近づく頃になると、陽当たりのよい庭先でビードロひきをしておられた。風のない日でもこの初代の手になると、凧はその手に操られて風をとらえてするすると揚がって行った。

凧店の家の構えは南に向いて広い縁側と玄関があり、ときには玄関のそばに竹籠をかむせた軍鶏が置かれていた。庭には大きな松が枝を張っていたが、これは赤茶けた色になって戦争中に枯れた。庭先の畠の土手には八重桜が季節になると厚ぼったい花弁の花を咲かせていた。

小川凧店にはあい子とかよ子という名の姉妹がいた。愛子、通子と書いたように思うが、姉のほうは面長で、妹にはくっきりとえくぼがあったような気がする。かよ子の下に弟が一人いたことは確かだが、その男の子が現在の三代目かどうか。偶然にテレビで視た時は少し若いような気もしたが、半世紀を経た今ではまるきり見当がつかない。

長崎で揚げられる凧はいわゆる喧嘩凧で、空中で切り合いをして勝負をするところにその醍醐味がある。切り合いをするにはビードロという糸をつけて揚げ、お互いの凧のビードロと交錯させ、その摩擦でどちらかの糸が切れることによって勝敗の決着はつく。ビードロとは硝子を粉にしたものを糊とねり合わせ、麻糸に何度もすりこみ、それを乾かして針金状に仕上げたもののことをいう。

定められた凧揚げ日には風頭山には凧店のテントが幾張りか張られ、サイダーやラムネ、駄菓子などを売る店も出て、山は黒山の人で埋まった。この日ばかりは凧店は目の回るほどの忙しさで、私も一度だけ手伝いに行ったことがある。駄賃に凧を一枚もらって喜び勇んで家に帰ったものだ。

人で埋まった風頭山は一日中人の足に踏み荒らされ、切り合いに勝った側の「ヨイヤーッ」の喚声と、切れて飛んで行く凧を追いかける人の波、酔っぱらいの声で地響きをたて、どよめいた。

四月である。長崎凧の揚げ方と作り方を説明した一枚の紙片は、友人の一人が私のために小川凧店よりもらって来てくれたものである。

毎年春が近づくと今年こそは凧揚げの日に帰りたいと思う。そう思って五十年が過ぎ、今年もまたその希望は叶いそうでない。私の脳裏にはコバルトブルーの空に赤、青、白のさまざまの紋様の凧が躍っている。

凧揚げが出来なくなった風頭山には、いまどんな風が吹いているのだろう。そして小川凧店のまえの八重桜は健在なのであろうか。えくぼのかわいかったかよ子ちゃんは……。私の想念は果てることなくつづく。

人が老いるということは、こうしたとりとめもない繰り言にもてあそばれ、それを揺籃のように感じながら、いまを生きているということなのであろうかと、最近つくづく思うことである。

つぶらかし

「長崎ぶらぶら節」には、凧《はた》揚げのことがよく唄われている。

長崎名物紙鳶《はた》揚げ盆祭り
秋はお諏訪の商宮律《しゃぎり》で
氏子がぶーらぶら

紙鳶揚げするなら金比羅　風頭
帰りは一杯機嫌で
瓢簞ぶーらぶら

大井手町の橋の上で子供の紙鳶喧嘩

世話町が五六町ばかりも
二三日ぶーらぶら

このように唄いこまれているところをみると、長崎の人間は結構凧揚げが好きなようである。私も子供の時はこの凧揚げに夢中になって遊んだ。凧揚げの季節になると勉強どころではなかった。

長崎では凧のことをハタという。今日ではいろいろの凧があるが、長崎の凧は揚げて楽しむこともだが、空中で切り合いをするところに最高の妙味がある。切り合いに負けて飛んで行く凧は拾った者が取っていいことになっているので、その凧を大人も子供も追っかけた。ときには奪い合いの喧嘩になり、せっかく手にした凧を破きすててしまうような幕切れもあった。長崎の男は結構血の気も多い。

いまは季節を問わず揚げられているようだが、昔は凧揚げは春の行事であった。雛節句から端午の節句までの、土日や祭日に、あちこちの空に凧が舞っていた。なかでもそのほとんどは風頭山で行われていた。風頭山は市街地にもっとも近いこともあって、好楽気分の人で山はいっぱいになった。凧屋のテントが幾張りか張られ、凧が舞い、よまがからまり「ヨイヤーッ」という勝鬨の声、口惜しがる声、凧を追いかける足音、酔っぱらいの濁声などが、終日山をおおっていた。そして太陽が稲佐山のほうへ移ろい、その光芒が港の海面にギラギラと照り映える頃から行われるのが、つぶらかしである。その時分になると凧揚げをする人も一人二人と下山して行き、空に舞っている凧の数も少なくなり、凧屋のテントもたたまれ、うそ寒い春の風がしのび寄ってくる。そんな時間からお互いに離れた場所に陣取り、つぶらかしと呼ばれる凧合戦がはじめられるのである。つぶらかしにはもっとも大型の凧が使われ、凧糸がその重味で弧を描いて垂れるようになるまで遠くへ揚げられる。そして最初は切り合いをするのに適当と思われる高さまで凧屋の主人が揚げてから、客に糸をもたせてくれるのである。客にはたいこもちと呼ばれる介助者がつき、糸のもつれなどに気を配った。そこには家来を従えた大将同士の一騎打ちのような風格があった。

豆粒ほどにみえるまでに揚げられた凧は、操られる糸によっておもむろに相手の出かたをうかがって接近して行く。上下左右、追っては逃げ、逃げては身をひるがえして相手の下に入って、すくいあげる機をうかがい、自分の好きな位置から戦いを挑むためのかけひきをする。そうしたかけひきが延々と空中でつづくのである。

つぶらかしの語源は正確にはわからないが、勝負には金がかかるので、この遊びをすると財産を潰すという意味と、鳥などの交尾の様子に使われるつるかわしが変化したという説がある。凧一枚揚げて遊ぶのに金がかかったとしても知れたものであろうから、おそらく後者に由来したのではあるまいか。

つぶらかしの勝敗はなかなかつかない。凧がつるかわし状態になって離れたりつるんだりして時間は流れる。勝負がつかない時は凧が宵闇にかくれて、肌に夜露を感じる頃になるまでつづく。それでも私などは家に帰ろうともせずに、決着がつくのを固唾をのんで見守っていたものだ。

長い時間をかけてやっと勝負がつき、負けた凧が裏返しになって落ちはじめると、勝った陣営から「ヨイヤーッ」と勝鬨の声があがった。迫ってくる夕闇の気配のなかで聞く「ヨイヤーッ」の声は勝鬨の声であるのに、私には何か物悲しい余韻をもって聞こえた。

平成十三年に二回ほど長崎に凧揚げをみに行った。二回とも天候などの都合で凧揚げの賑わいをみることが出来なかった。

現在、風頭山では凧揚げ大会は行われていない。

私が凧揚げに夢中になった頃からすでに六十年が過ぎた。それだけの歳月を経ながら、いまも私が郷愁を覚えるのは、春の空に舞う凧の美しさもさることながら、「ヨイヤーッ」という勝鬨の声に覚えた人生の物悲しさによるのかも知れぬ。

幼友達

来年古稀を迎える。この頃になって、幼少年期に遊んだ友達のことが、よく脳裡を去来する。

杜甫の詩に、

「人生七十古来稀」

という一行があるが、老いて、人の生き死ににについて考えることも多く、幼い日に遊んだ彼らは七十前後の齢《よわい》をどうしているだろう。生きているだろうか、それとも故人になってしまったただろうか、と眠れぬ夜などにはとくに思いはめぐる。

昭和七年生まれの私の世代は、貧しさと、戦争と、軍国主義から民主主義思想への変革を経験して生きて来た者だ。幼年時はまだ着物を着て、下駄や草履ばきで、洋服を着たのは小学校に上がってからだった。

草野弘次、秋田夏子、小川通子と、六十年経ったいまも幼友達の名はすぐ出てくる。草野弘次と秋田夏子は私と同じ年で、小川通子は一つ歳下であった。

草野弘次とはどうして一緒に遊ぶようになったのかわからぬが、秋田夏子は私の家のすぐ下に青年倶楽部というのがあって、一家はそこの管理をしていた。便所の窓から顔を出して、アメアメ、フレフレとよく歌っていた。小川通子は私の家の後方に現在もある小川凧屋さんの所の次女だった。

小学校入学前、四、五歳頃の遊びといえば、ままごと遊びのような他愛もないものだった。庭や野っ原にひろげた莚に座って、弘次と私がお父さん役で、夏子と通子がお母さんになり、ただいま、お帰りなさいといって、貝殻にのせた野の花などを、木の枝の箸で食べる仕種をして、それで終わるというようなものだった。遠足に行く時は蒸した芋を新聞紙にくるんで近くの野原に出かけ、冷たい芋を四人で食べた。そうしたことをしながら幼い日は飽くこともなく暮れたものだ。

このような幼友達も小学校へ上がると同時に変化し、草野弘次は同じ小学校に入学したが、学級が別で、下校も一緒でないことが多くなった。秋田夏子は小学校入学前に家族と共にどこかへ引っ越して行った。

小学校へ上がると友達も勉だとか徹だとか、博や鈴男や広守、それに従兄の猛ちゃんや春市ちゃんになった。そしてそうした友達のこともいつか脳裡から薄れて、六十年近くである。片岡広守は十代なかばで死に、猛ちゃんは六十を過ぎてから逝き、草野弘次はどうした理由からか市街地へ転居したことを、兄が生前に教えてくれていた。あとの幼少年期の友達がどうした人生を生きているのか、その消息もわからずに来た。生きていればお互いに七十歳前後である。

今年帰郷して子供時代に遊びまわった道を歩いてみた。石塊ばかりだった道も舗装され、あたりの家の構えもすっかり変わっていた。ただ道に面した塀にはめこまれた表札に、昔の面影をしのぶばかりである。私はその表札に伯母の家をたしかめ、隣りには内田鈴男さんの家があったと思った。私より一歳年長だった彼とは、私が目白を飼うようになって友達になったのである。彼はいつも鳴き声の美しい目白を飼っていた。

いま彼はどうしているのだろう、半世紀余りも会っていないが、と思いながら彼の家の横を歩いていると、突然高鳴きをする目白の声が聞こえて来た。私は思わず足を止めてきき耳をたてた。たしかに目白の声である。

私は細い道から身をのり出して声のするほうをみたが、いまは二階家になった家の外には目白籠も籠のなかの目白もみえなかった。

人生七十古来稀《じんせいしちじゆうこらいまれ》なり
花《はな》を穿《うが》つ蝶蝶《ちようちよう》は深深《しんしん》として見《み》え
水《みず》に点《てん》する蜻蜓《せいてい》は款款《かんかん》として飛《と》ぶ

風光《ふうこう》に伝語《でんご》す共《とも》に流転《るてん》しつつ
暫時《ざんじ》相賞《あいしょう》して相違《あいたが》うこと莫《な》からんと

内田鈴男さんは目白を飼っていまも元気なのだと思い、会ってみたいという気持ちに私は一瞬ゆすぶられたが、あるいは目白を飼っているのは、子や孫かも知れない。そうなのかも知れないという思いにとらわれた。

私は目白の声を後にして歩き出しながら、杜甫の詩を心で吟じた。春の景色にことづてしよう、私もおまえもともに、時間の上を流転しつつ、この年まで生きて来たのであろうと。

時どき

梅の花散る

　年があらたまると急に、日射しが明るくなったように感じて、春の訪れの近いのを思うのは、例年のことである。

　昨日まで鈍色の衣をまとっていた光が、一夜にしてその衣をぬぎすてたようにみえるのは、正月という習わしのせい——あるいはそうかも知れない。

　今年、昭和六十年の正月三が日は、雨や桜島の灰で、大隅半島は灰色と化していた。そのうち二日、三日は、屠蘇《とそ》の飲みすぎで、布団のなかにもぐりこんで、初老の男のうすよごれた正月をやりすごした。

　私は燃えさかるような春の季節は、濃密な新緑におしつぶされそうな感じがして、あまり好きではないが、それでも寒がりの性質からいうと、春を待つ心は人一倍つよいともいえる。年が明け、日射しが明るさを増し、やがて節分も間近になると、春はわがものといった気分になってくる。

この移ろいの季節になって私の心に思いうかぶ花といえば、平凡だが、やはり梅である。梅の花は人のさまざまの感情によりそって詩心をかきたてるらしく、古今、詩歌にうたわれたものは数かぎりなくある。梅は花の兄、菊は花の弟として、その年最初に咲く梅を花の兄、最後に咲く菊を弟としたたとえもある。日射しをいっぱいに溜めた山の斜面の、まわりに枯草などを配した人家のそばに、満開の梅の花をみると、私は毎年、ほっと人心地ついた思いになる。二月十一日は梅の節句とされている。

この季節になると必ずのように私の脳裏にうかぶことがある。それは梅の花がそこかしこに満開になっていて、春そのものといった感じに暖かい日である。ああ、もうこのまま春になるのかなあと、私のなかで呟きがうまれる時、私はきまってそのことを思い出す。

私の郷里は長崎である。すでに両親もいないのだが、この時期に私の心に立ち現れるのは、父と母である。父と母のどちらがいっていたのか、そこのところはさだかに記憶していないのだが、

——昔から梅の花が散る頃がいちばん寒かといわれとる

という、独りごとのような声がきこえるのである。それは実際に梅の花が散る頃に最後の寒波がおそってくる確率がもっとも高い、というふうにきくべきなのだろうが、四十年を経たいまも私がそれを憶えているのは、花散らす梅にことよせて、心のゆるみをいましめていること

のようにうけとめていたからかも知れない。

わがそのに宇米能波奈《うめのはな》散るひさかたの天《あめ》より雪の流れ来るかも

大伴旅人

ゴンドラの中で

今年もまた過ぎ行く年へ愛惜をおぼえる季節となった。南日本新聞社の共催でひらかれた「秦始皇陵兵馬俑」を十月の末にみに出かけた。兵馬俑は、一九七四年「秦始皇陵」の東側で農民が井戸堀り中にみつけた、今世紀最大の考古学的発見と評価されているものである。開催場所は荒尾市にあるグリーンランド。リフトで運ばれて会場へはいると、兵馬俑の発掘の状況や規模を紹介するフィルムが上映されていた。その奥の、まわりを黒で遮蔽した場内の、電光をうけた硝子ケースのなかの俑は、いぶかしく思うほどの静寂につつまれていた。兵三体、馬一頭、数としては少ない展示であった。

だが、私は一体の武士の俑のまえにたった時、造型の精緻さに息をのみ、これはほんとに二二〇〇年前の技術かと疑った。黄土色の肌をした俑は一メートル九〇センチの長身で、一重瞼のせいか悲しげなまなざしをし、腹部のあたりでかさねあわせた手指には、爪の型まできちんと刻まれていて、粘土をこねて人間が造型したものとは思えないほどの容姿であった。私は一瞬、これは生きた人間をそのまま型にとって造ったものではないかと思い、語りかけると言葉が返ってきそうな錯覚におそわれた。

さめない感動を心に会場を出ると、さまざまな型の遊具が動き、カラフルな衣裳をつけた人間の歩く、そこは現実世界だった。私は連れといっしょに観覧車にのった。面白半分だったが、ゴンドラが上昇するにつれ、ひろがる眺めは快かった。そんな私の視界に兵馬俑の展示されていた建物と、そのまえのグランドで遊びたわむれる子供たちの姿が、ひとつになってはいってきたのだ。私はゆっくりとのぼりつづけるゴンドラの中でそれをみながら、時間というものはこのようにひとつにとけあい存在しているものだろうかと考えていた。

酒に徳ありて

今年も朝の食卓に酒をそえて元日を祝った。日ごろは焼酎党の私も、元日の朝だけは酒でないと格好がつかないという気になる。「酒は詩を釣る色を釣る」と浄瑠璃で語られることも、やはり日本酒の領分のようだ。

酒には十の徳ありといわれたりするが、人のいろいろの思いも宿る。正月の屠蘇の香りはいまも私の心に沁みついて離れない。私の家では元日の朝の屠蘇は子供にも口をつけさしてくれたが、水引をかけた銀の酒器の輝きと屠蘇の香りは、私が幼かった頃の父と母の姿を鮮明に思い出させる。貧しくはあったが、羽織はかまの父に連れられて初もうでに行った時の気持ちは、はなやいでいた。

私の郷里の諏訪神社の大祭には甘酒を造るのが習いである。味のよしあしは各家庭でちがいがあるにしても、祭りには必ず甘酒を造り、祭りのよろこびをあらわすのである。どぶろく状に発酵した甘酒が、甘酸っぱい香りを放っているのをかぐと、私は壺に頭をつっこむようにしてそれをすくってのんだものである。そんな私の耳にしゃぎりの音がきこえていたのは、遠い日のことだ。

郷里を離れて三十五年になる。何度か帰郷したことはあるが、いつも時期外れで、甘酒にお目にかかることがなかった。昨秋、同郷者五人で帰郷する話がきまり、その時の皆の希望が、祭りに造る甘酒がのみたいということだった。旅程の打ち合わせの際に、旅先で観光案内にあたってくれる人に希望を伝えたが、実現するかどうか飛行機をおりて宿に着くまで半信半疑だった。だが、夕食の食卓に座った皆のまえにおかれたのは、わざわざ五人のために用意された甘酒だったのだ。

酒には十の徳ありといわれるが、私が故郷で三十五年ぶりに味わった甘酒は、蛇踊りや傘ぼこや笛や鉦《かね》の音に人の心や懐旧の涙もまじって、忘れられないものとなった。

悲運の仁王

昨年の暮れ、宮崎県西都市にある黒貫寺に仁王像の拝観に出かけた。わざわざ出かけたのは、木彫りの仁王に興味をもってのことである。参道をのぼると仁王門の両側に、古びて朽ちた仁王像が六体ほど、眼球が失われたり首から上がなかったりしてたっていた。

日頃仁王像にひかれている私も、木彫りの仁王をみるのは初めてで、残骸をみるようなその朽ち方に感嘆の息をのんだ。

大隅半島の神社や寺院にたっている仁王像は石を素材にしたものばかりだが、私にはひどく魅力である。それにひかれて写真をとってまわってからすでに十年近くなる。表情とポーズがじつに人間的で、私の心から離れたことがない。

私が接した仁王像をあげてみると、鹿屋市で波之上神社二体、鷹直神社二体、若一王子神社二体、含粒寺四体。大根占町で渕之上神社に全身像四、上半身一、頭部一の計六体、旗山神社二体。根占町へ行って若宮神社二体、鬼丸神社四体、圓林寺跡二体。高山町にはいると道隆寺跡近くに頭だけ二体分、笠之原薬師跡に二体が現存している。郷土史を調べると大根占町、根占町にはまだ何体かあるということだが、訪れる機会をもてない。

南大隅一円に散在する仁王のほとんどが廃仏毀釈の悲運に遭い、当時の痕跡をとどめている。なかでも損傷のひどいのは鷹直神社のそれで、鼻も腕もこわされ石柱がたっているだけという感じに変貌している。

渕之上神社や道隆寺跡近くの、頭部だけが地面にすえられているのも痛ましいが、鬼丸神社の仁王は忿怒《ふんぬ》の形相もひどく悲しい。

これらの仁王をみていると私は、仁王を刻んだ人間の心を思うとともに、それをこわすために暴徒となっただろう人間たちを思わずにはいられない。どちらも疑うことを知らない民衆だったにちがいないからだ。

幻の窯跡

機会はあるのだが、なかなか果たせない思いがある。古い焼き物や窯跡にふれてみたくて、それらをさがし歩いた頃からすでに十年余りがすぎている。

笠之原焼の窯跡も自分の目でたしかめたくて訪ねて行ったことがあるが、私の手に負えるたくらみではなかった。たまたま「南日本新聞」の「地方記者の目」欄で、笠之原焼の窯跡が発見されたという文章を読んで、鹿屋支社の大武進支社長に案内を乞うたことがある。私があきらめていた窯跡は、道路の片側の杉林のなかに、草におおわれて横たわっていた。

その場所を知りながら私がいまも訪れることができないでいる窯跡が、熊本県球磨郡球磨村にある。球磨川をはさんで一勝地焼窯と対置している「高沢焼」の窯跡がそれである。発掘調査がおこなわれたあと埋めもどしがされているということだが、一度高沢部落への道をのぼりかけたのに、雨に降られて断念したことがある。

この窯跡への思いが私から去らないのは、築窯の年代、陶工名、技法などのいっさいが不明で、ただ窯跡から一五〇メートルほど離れた場所に、窯師父子の墓と伝えられる墓石が二基残っているだけというその事実が、いかにもミステリアスに思えるからである。伝承によると窯師は無類の焼酎好きで、人吉に製品を売りに行っての帰りに酔っぱらって、球磨川をくだる舟から転落して溺死したというのである。いかにもありそうな話だが、伝承はいずれにしろ、一代でほろびたという窯跡と父と子の墓だけを残して、すべてを消し去った人間の行方は、人生の無常と悲哀を私にもたらしてやまないのである。

あれから何度も近くの国道を通ったことはあるのだが、いつかあの窯跡を訪れてみたいとの思いは、十年後のいまもつづいている。

母の像

最近になって、いつか知らず母に教えられていたものが自分のなかに色濃く残っているのを知るようになった。若い時はあまり意識しなかったから、老いのせいかも知れない。私が文学の道を選んでいたのも、幼い頃母の口から聞いた童話や民話が、原因のひとつだったようにも思われる。

私の母親は明治二十年代後半に長崎の普賢岳の近くの山深い田舎で生まれ育っている。母親の話では子守をしながら小学四年まで学校に行ったらしい。想像するところ、その頃の田舎の学校は寺小屋のようなものだったのだろう。漢字はおろか平仮名も満足に書けなかったから、当時の教育の水準がうかがい知れる。

そんな母親だったが、結構いろんなことを知っていた。書くことは満足ではなかったが、記憶力はよかったのか、いろはにほへとなど、よくそらんじていた。それと同じように外国の童話、土地の民話、あるいは格言の類も知っていた。それらを母は引き臼で小麦などをひきながら、雨の日につくろいものをしながら、よく語ってきかせた。おそらく当時の教育は読み書きより、口承的であったのだろう。それほど貧しかったのだと思える。それでも子供の頃に母の口からきいたことは、半世紀を経た現在も、そのいくつかは私の心に鮮明に残っている。

私は母親をごく平凡な母だったと思っている。何事か起これればおろおろし、よく涙した。罰当たりなことだが、母を愚かと思ったことも、ないがしろにしたこともある。

近頃ニュースになったのが、保険金目当てに我が子を殺した母親、母親同士の交際に終止符を打つため相手の女の子を殺した母親の犯罪がある。

戦後、女性の社会的進出もめざましく、家庭に於ける母親の在り様も私の母親などの生きた時代とはまったく変わってしまったのかも知れない。女性も男と同じように社会に出て働き、社会的活動や意識も、ある所では男以上のものがあるだろう。私も女性の社会的進出と地位が向上して行くのには大賛成である。

ただ先に挙げた母親の犯罪を、ある特別な人間の犯罪と話題にしているだけでいいのかどうか。社会的に母親の状況や意識の変化の兆候をそこに見るのは性急に過ぎるのであろうか。

今年一月から十月まで児童の虐待死は四十人に及び、実母による加害が四一・六%という。動物のなかには稀に自分の子を噛み殺したりするのもいるし、その反対に死んだ子がミイラ化しているのにもかかわらず抱きかかえて放さぬ猿もいる。母の子に対する愛憎は単純ではない。

鬼子母の話がある。この話を語ってくれたのも母であったが、他人の子を殺して食べていた鬼子母が、仏に諭されて産生と保育の神「鬼子母神」となった話を、声を湿らせ語ってくれた母の姿が、いまはなぜかしきりに懐かしい。

巡礼のごとく

人は生涯にどれほどの本と出合うのだろう。無論人それぞれであるが、自分がこれまでに手にした本を想像してみる。百冊、二百冊、いや、もっとと、その先は茫洋としている。人生で最初に出合った本は、ごく当たりまえに、教科書だったように思う。半世紀以上を経たいまもはっきり記憶のなかにある。

サイタ
サイタ
サクラガ
サイタ

こんな文章ではじまる国語の教科書は、淡い色の櫻の絵と共にあったように思う。新入学の時の教科書ほど、新鮮で心弾ませてくれた本はなかったような気がする。

私がハンセン病の診断をうけたのは、小学五年の二学期だった。

その翌年の、昭和十九年が明けたばかりの頃だったように思う。

長崎市街を流れる中島川にかかっている橋のひとつ、その袂付近に小さな本屋があった。どの橋だったか憶えていないが、そしてどんな用事で母に連れられて歩いていたものかわからぬが、母は本屋の前で、読みたい本があったら買ってやろうといった。昭和十九年といえば太平洋戦争が敗色濃い様相となっていて、暗い時代であった。すべての物資は欠乏し、市街のあちこちでは疎開が計画されていた。私の家では私の病気のことで、毎日毎日家族が暗い顔をしていた。母は病気の私が不愍《ふびん》でならず、せめて本の一冊でもと思ったのだろう。

本屋のなかは埃にまみれていて、書棚の本も櫛の歯が抜けたような状態だった。新刊本など一冊もなく、床には表紙も色あせた本が何冊か落ちていたりした。本屋もあるいは疎開の片付けをしていたのかも知れない。

そんな店の書棚から私が手にした一冊は、平賀源内のことを書いた絵本だった。題名も内容もすでに忘れているが、頁をひらくと黒と橙色の二色で絵が印刷されていて、文章はわずかだったように思う。この本がどうしていまも私の心に残っているのかわからぬが、母の肩をおおっていたショールの黒い光と共に、不意に心にうかびあがってくることがある。

それ以後ハンセン病の人生を生きることになった私は、人並にといおうか、国木田独歩、太宰治、吉田紘二郎であり、カミュ、カフカ、ドストエフスキーなどと、心のよりどころをもとめて旅する巡礼のようであったかも知れぬ。

最近、五木寛之氏、石原慎太郎氏の仏教関係のエッセイの出版が目につく。二人共私と同じ年の作家だが、それらをみると、生きるということは、どこまでも心のよりどころをもとめて彷徨《さまよ》う旅なのだろうかと思う。

「薩摩」によせる心

ブームとは、にわか景気のことをいうらしい。ミニスカート、建築、出版、盆栽、絵画、陶磁器、そして最近はカラオケである。

こうした現象にはさほど動かされない人間と、天邪鬼の私は、自分をそう思っていた。ブームといえば、なにかうわついて感じられる。ところが絵画と陶器にはいささか、自分でも知らぬまに動かされていた。

油絵はひとりよがりではじめて石油ショックとなった。材料が値上がりし、カンバスの枠に使われる枠木が粗悪になり、いやに細くなった。自分の部屋に絵を一枚飾りたいと思ったのが、はじめた動機だ。その後が陶磁器だった。窯があっちにもこっちにも築かれるようになった。

陶磁器趣味といえば、有田にはじまり有田に終わるときいたが、私はもっぱら陶器だ。それもやはり薩摩がいい。私が薩摩焼のことを知ったのは、鹿屋にきた当時、十五年ほどまえ、薩摩焼発祥にかかわった陶工とその末裔にまつわる話をきいた時からだ。その時は薩摩焼がどういう形と色をしたものか、まったく知らなかった。勿論陶磁器そのものに関心があったわけでもない。ただ私は、陶工たちが薩摩に来た経緯と末裔たちが辿った歳月に、悲運なものを覚え、薩摩焼そのものを是非一度みてみたいと思った。

最初薩摩焼を買ったのは、西鹿児島駅近くの土産物店でだった。すでに十年余りになるが、五百円はしなかったように思う。かずらでつくったアーチ型の握り手がついて、胴が急須のようにふくらんだもので、小さな蓋がちょこんとのっていた。器の底をみると苗代川の刻印があった。私は可愛く素朴な急須だと思った。はじめて薩摩焼を自分のものにしたかすかな興奮もあった。買いもとめてから、この急須は口が小さくて茶殻が出しにくいだろうなあ、と首をかしげた。あとでそれが「茶家《ちょか》」という酒器だと知って、自分ひとり苦笑したことがある。蓋をあけてみると内部にあるはずの茶殻ごしがないのだ。

「茶家」を急須とまちがえた私は、それから数年後、薩摩焼発祥の地とされている、現在の美山を訪れた。その時はじめて薩摩焼古陶（厳密には苗代川古陶というべきだろう）と出合った。展示室に集められた古陶は、ひとつひとつの陶器のもっている力が素晴らしかった。暗い情炎を燃やしている陶器自身のいのちを私は感じた。どこかに甘いような哀しみがあった。——私は美山を訪れるようになった。いつも炎が翳《かげ》を刻んでゆらめいていた。それは陶工や家族たちの辿った起伏の多い人生の様相を、古陶の上に重ねることによってみえる炎だ。感傷は排さなければならない――。それでも窯場や共同墓地や玉山宮を訪れ、美山の里を歩きながら、「たしかに燃えている」といつも思った。私は二、三百円から千円ほどのものを一、二個もとめるだけの、しみったれた客でしかなかった。黙って陶器とむかい合い、美山の細い径を歩いているだけで私にはよかったし、ある時は熱心に、安くて気に入るものをさがしながら、この里に積み重ねられた人間の生と死と愛と憎悪を思いめぐらしていればよかったのだ。

こんななかで鹿児島の陶磁器ブームも頂点に達してきた。陶磁器全集や窯場めぐりの本もあれこれと目についた。それらにつき動かされ、九州をまわった。機会があると美術館へ、古美術店へである。熊本国際民芸館や小石原では薩摩古陶を懐かしくみた。それからは苗代川古陶の甘酒半胴を絵に描きたい欲念にかられ、悪戦苦闘。絵になっているかいないか構わぬ所業である。燃えているいのちの炎を自分の胸に移したい――いささか度をすぎた振舞ともみえたが、惚れろ、惚れぬけと、そんな自分を抑えた。私にはどこのものより薩摩が燃えていたのだ。

二週間ほどまえ霧島にのぼった。山頂近くに新しい窯場を示す標札が目についた。最近はあっちでもこっちでもロクロがまわっている。ブームといえ、よくもまあである。

霧島に行った翌日「南日本美術展」を観た。工芸、彫刻、絵画とみて歩きながら「ああ、みんな燃えようとしているなあ」という感慨におそわれた。と同時に、かつて薩摩の陶工たちはたしかに燃えていたんだなあ、という感慨のなかにも私はいたように思う。

大隅の仁王

石を素材にした、いわゆる石像は大隅半島にも多い。鹿児島県で全国的に有名なのは田の神だろう。その他に観音像、仁王像とある。石造物となると庚申塔、五輪塔、板碑などおびただしい。田畑の畦や寺院、神社の裏や門前にあり、民家の庭に移されているものもある。数は多いがひっそりした、人目につかない場所に安置されているので、見落としがちである。

大隅一帯の仁王像に心を惹かれてから五、六年になる。大根占町の大楠をみに行って、たまたま目にふれた旗山神社の一対がそれである。ちょうど晩秋の午後の日差しが斜めにあたって、粗削りの石の膚に光と影の諧調を織りなしていた。

小学館の『日本百科大事典』によると、仁王とは「仏教で二体の天皇尊のこと。寺院の門や須弥壇《しゅみだん》に安置されている金剛力士像」とある。「ともに忿怒《ふんぬ》の形相で、金剛杵《しょ》という棒状の武器をもつ。口をあけている（呵形《あぎょう》）左のほうの像を左輔《さほ》金剛、口をとじている（吽形《うんぎょう》）右のほうを右弼《うひつ》金剛ということがある」と説明されている。

仁王は田の神のように、鹿児島独持のものではなく、農耕神的存在でもない。田の神が人の生活に根ざしているのに対し、仁王は仏教に根ざしている。諸天神の守護神としてつくられた像は、非常に精神的所産といえるだろう。鹿児島県下に古くからのこっている仏像、仏具、経巻などは、薩摩藩の一向宗禁制と廃仏毀釈をきりはなして考えることはできない。慶応元年には一六一六の寺が廃寺となり、明治二年からの数年は、一寺院一僧の姿もなかったと、ある郷土史には記されている。

前掲の旗山神社の仁王に心惹かれて以後の、この二、三年、年一、二回の回数で大隅にのこる仁王を訪ねている。まわったのは鹿屋、高山、大根占、根占などの一部である。年に一、二回の探訪だが、三十三体分の写真が手もとにのこった。そのほとんどの像が廃仏毀釈のあとをとどめている。

鹿屋のものを紹介すると、波之上神社、鷹直神社、若一王子神社、玄朗寺のものである。波之上神社の仁王は巨漢怪異といった風貌で、じつに堂々としていた。鷹直神社の一対は廃仏毀釈の折にたたきこわされたものだろう、両腕が肩のつけ根からもがれていた。もがれた腕が台座の下にころがされていて無残である。鼻をつぶされた右弼金剛の風貌は怨嗟《えんさ》にみちている。玄朗寺には二対あった。ただどうしたわけか二体の左輔金剛だけが金剛杵をにぎって肩のあたりへあげている手を、腰にあてがって構えていた。

若一王子神社は『鹿屋市史』に記述がないが、獅子目城址と思える場所の付近にある。

庚申塔があるときいて訪れた時、ここにも一対の仁王が安置されていた。ここの左輔金剛も両手を腰にあてがっていた。おそらく玄朗寺の左輔金剛となんらかの関連があるのかも知れない。右弼金剛は両腕を肩からもがれ、体に葛《つた》をからませて草のなかにたっていた。孵ったばかりのヒヨコを彷彿させる姿である。顔は幼くふくよかで、まるで幼子の像のようにあどけなかった。腕をもがれているのが逆にこの右弼金剛をかわいい仁王にみせる作用をしているようであった。後日私がこの右弼金剛の写真を友人に送ったところ、「説明を読むまでは童の像だと思ってみていた。こんなあどけない仁王の顔に接したことがない」との返事がきた。

こだわり

ちょっとした手がかりがあるために、その手がかりが気になって、いっそうこだわりが増してしまうことがある。

私のもっている一対の古い徳利がそうである。古いといってもさほど年代をさかのぼるものでもないし、とりたてて語るほどの逸品や名器でもない。いまではそこらにすてられていてもかえりみる人もいないにちがいない、高さ一五センチくらいの徳利だが、これを所有して十年近くになるのに、やはり私には気になって仕方のない代物である。

一時期私は古い焼き物に熱中していたことがある。なかでも黒薩摩への傾倒ぶりはかなりのものだったような気がする。火をつけたのは苗代川でみた古い黒薩摩であった。竹林の奥の納屋を改造してあてたらしい民陶館の内部には多くの古陶が並べられていた。

苗代川で黒薩摩をみて以来、私は一個でもいいから自分もこのように古いものをほしいと思うようになった。人間の肌の温みや哀感を感じさせるものであれば、少しぐらい口縁が欠けていようが歪みがあろうがいいという思いからである。垂水、鹿屋、高山、都城と古美術店をみかけては立ちより、財布の中味と相談しながらいくつかの黒薩摩を買いもとめた。そして持ち帰ると私は布で丹念に拭きあげ、かつてそれを使ったであろう人々のことをあれこれ想像して楽しんだのである。

いまは店をたたんでいるというわさだが、肝属郡高山町に一軒の古美術店があった。焼き物ブームに目をつけてはじめたのか、にわか造りの店内にはまだ三十代とみえる年格好の主がいた。店の三方に棚をとりつけ、土間に古びたショーケースを置いて、陶器から古道具、古銭の類まであきなっていた。品物を買うと無造作に新聞紙でくるんでくれた。

この店で買ったのが先に触れた徳利である。一見して苗代川で焼かれた白薩摩と想像のつくものだったが、肩のあたりに注ぎ口がついていた。黒薩摩にばかりほれこんでいた私がなぜこれを買ったかというと、注ぎ口の真下に「ベン一」と稚拙な文字で書かれているのが気になったからである。私は「ベン」が漢字の「卞」で、串木野島平に上陸した朝鮮人陶工の一人の姓であることを知っていた。「ベン一」は人の姓名にちがいないと私は即座に思ったのだ。

徳利をもとめて帰ってから私はいつものように、この徳利の作者は苗代川でどのような暮らしをしていた人だろうか、そして徳利自身はどのような人間の生活と人の生き死にをみてきたのだろうと、とりとめのない想像にふけった。「ベン一」という固有名詞が書かれているだけに、そうしたことは手近に解きあかせそうに思えた。だが、それらは簡単にわかるものでもなかった。どうして「ベン一」と書かれたかについても、持主の名だろうか、作者名だろうか、と私の想いは行きつもどりつするばかりだった。最後に私はあるいはこれは作者が自分の姓名を焼きつけて苗代川にある玉山宮の祭りの折にでも寄進したものかも知れないと思った。そう思いついたことによって私の心は少しは落ち着いたが、ほんとのところはなにもわからずじまいだった。

十年近くを経たいまも徳利は私の書棚に「ベン一」という文字を前面にして飾られている。この文字が気になって買いもとめた徳利だが、その小さな手がかりがあるゆえに、徳利へのこだわりが私のなかから消えてくれないのである。

地虫の唄がきこえる

古きものへの愛着は誰しもがもつ人間の情であろう。一枚の着物、一つの道具にしても、すでに使用に耐えなくなっていても、棄てるには惜しいような気持ちになり、つい身のまわりのどこかに置いていることが多い。それが邪魔になっていることは知りながら、やはりどこかにしまいこんでしまうという経験をもつ人も多いだろう。

棄てるには惜しいという感情は打算からくるものではなく、いままで自分の肌をつつみ、あるいは自分の手足となって働いてくれたものへの、棄ててしまっては可哀相のような、そんな思いからではないかと思われる。自分の肌の温みの沁みこんだものへの愛着は、また、人間がもっとも多くもつ情に違いない。その人によっては古きものへのそれぞれの思い出が秘められていることもたしかである。

現実に自分の住んでいる環境が自分にとって決していいものではないとわかっていても、人は理性よりもその肌の温みの沁みこんだものへの愛着に負け、惰性のように生きていることが多い。年をとるといっそうそういう愛着が人の心につよまってくる。

私も古いものへの愛着を人並みにもっている一人である。古いものへの愛着といっても、今後使用するかも知れないという考えがあってとっておくものと、今後まったく使用目的もないのに保存しておく場合がある。使用するかも知れないという予想のもとにとっておくものも、結局は使わないで終わるのがほとんどである。ケチでそうしているように思われそうだが、ケチというのとはちょっと違う。

小さい頃、天保銭とか寛永通宝とかいうのを拾っては集めた記憶がある。畠を耕していてみつかったものを父が拾ってきて箪笥の抽斗に入れていたものを、手にとってよく眺めたこともある。銅銭で、小判の形をしたものや、円のなかに四角の穴があいた、誰もがよくみた記憶をもつものである。

青錆のついた古銭は掌にぽってりとした重みのある感触を与える。掌に吸いつくようなそのぽってりとした量感が幼年期の自分にどんな意味を感じさせていたのか、私は憶えていない。玩具がわりの遊びだったのか、それともその形が面白かったのか、青錆のなかにもっと他のなにかを私が眺めていたのか、定かではない。ただ、この古銭はあと何十年かもっていたら高価な値で売れると考えていたのではないことだけはたしかである。私はそれほど計算高い子供ではなかった。そのくらいの考えを子供の時からもっていたら、これほど金にピーピーしない人生を生きられたろうにと、いささか残念な気もする。

古銭の青錆がなんとなく私に魅力を与えていたことは間違いなさそうである。しかしときにはこの銅銭の錆を梅酢に漬けて溶かし、その化学作用に驚異の目をみはったこともある。

小学校を終える年齢頃にはこうしたことへの執着も忘れた。その頃はすでに「ハンセン病」と診断されて、体もひどくけだるかったから、そうした遊びに夢中になれない状態だったのだろう。

二十歳を数えようとする頃、私は療養所にはいったのであるが、すでに何年かを経た頃、母から送ってきた小包のなかに、私が少年期に集めて遊んだ古銭が紙にくるんで入れてあったことを憶えている。どこにしまっていたのかもすっかり忘れていた私は、その古銭との再会を非常に嬉しく思ったものである。恐らく簞笥の抽斗かどこかにビー玉などと一緒にはいっていたものに違いない。いまもそのいくつかは私の身のまわりのどこかにあると思う。大半は古い壺を買った時、壺をもってきた青年に与えたようである。

人間の古いものに対する執着心を表すものは骨董趣味であろう。勿論骨董の趣味といっても多少金もうけを考えての打算もあるが、たいていは古美術鑑賞か、稀少価値の独占欲を満足させて悦に入っている者といえるだろう。いろいろその人によって娯しみ方も異なることはたしかである。

骨董といえばいままで老人の娯しみのように考えられていたが、最近は若い人にもこうした骨董集めをしている人が多い。年齢に関係なく娯しめるのも事実である。金がなければないで、結構なんとか集まるものだ。

最近私は陶器に惹かれるようになり、魅せられている。俺もいよいよ老境か、とむなしいような諦めのような感懐にひたることもあるが、なにもこういう娯しみは老人ばかりのものではないし、と反面ではそんな自分のくすぐったいような妙な羞恥心に抵抗しながら、手に入れた壺などを眺めている。

小説を書くのも好きだし、油絵を描くことにも魅せられるし古陶にも惹かれるし、不惑といわれる年齢に達しながら、心は住所不定の無宿者みたいに放浪しつづける。妻もいなければ子供もいない、心と生活を定着させ得るよりどころもなく生涯をハンセン病療養所で終わるであろう自己自身への人生の諦めからくる放浪なのかも知れない。身を療養所のなかに置きながら、心は絶望にまみれ悶えうちながら、いつも自由に自己の人生を生きたいとさまよい出て行く。結局はすべてはわかっているのに——。

不惑の年齢に達しながら、あれこれ惹かれ魅せられ、惑いつづけるという自分を、ときには憐れとも思い、愛しいとも思う。それでもなおかつ生きようとし、生きつづけようと私はしているのだから……。

鹿屋にきてから薩摩焼の話をきいたことがある。もう十年余りまえのことであるが、私はこの薩摩焼の発祥、その由来をきいた時、自分の心に重たい哀感がひろがるのを覚え、いちどその陶器をこの眼でみ、その形をみてみたいと願ったことを、いまでも鮮明に記憶している。

薩摩焼には「白もの」、「黒もの」と俗にいわれる「白薩摩焼」、「黒薩摩焼」がある。そしてそれらは「苗代川」、「竜門司」に代表される窯によって焼かれるようである。最初薩摩焼をみたのは七、八年まえ、鹿児島の駅の近くの土産物店であったが、私は店頭に並べられている商品としてのものにはあまり惹かれず、その時は金もなかったせいもあるが「なまこ釉」のかかった小さな「茶家《ちょか》」をひとつもとめただけである。「白薩摩」は野の草花を描いた絵柄が気に入らず、買う気がしなかった。

私がもとめた「茶家」は小さな容姿にそれなりに魅力もあったが、その茶家をもとめた時、私は苗代川焼が焼かれはじめた頃の、朝鮮から連行されてきた陶工たちの望郷の念いを秘めた歴史的なものがほしいと思っていた自分に気づいたのである。そしてそれらしいものを手に入れる機会が偶然にやってきた。ある青年が近くの川の河川工事をしているところで掘り出されたものだ、といって、どっしりと重い「黒もの」をかかえてきたのである。手にとってみると土の色、その重さから、ある程度古いものという感じがした。花瓶に使っても手頃なものであるが、おそらく種子物を保存する容器であったろうと思われる。

私は傷のつき具合や素朴で頑丈な形や温い肌が気に入った。私はそれがどのくらいの価格で普通売られているものか、近くの川の底に埋まっていたものということへの疑問ももったが、気に入るとそれはどうでもいいような気がして、青年のもとめるままに五千円を支払い、いくつかの古銭をつけてやって、手もとに置くことにしたのである。

苗代川は鹿児島市より約二五キロ、東市来町美山というところにあり、伊集院町から約四キロの地点にある。美山下バス停でおりると、そこはすでに苗代川焼を産み出す窯の散在する陶郷のど真ん中である。

苗代川に窯が築かれたのはいまから三百七十余年前、慶長九（一六〇四）年といわれ、征韓の役の際、島津義弘が捕虜として朝鮮から連行してきた陶工たちによって築かれたものである。征韓の役に加わった鍋島直茂も同じように陶工を連れ帰り、有田焼を開窯させている。

いずれも藩の御用窯として陶磁器の生産に従事させる目的のものであった。藩によってこれら陶工たちを手厚く保護したのであるが、薩摩の場合はいささか哀れである。島津義弘が連行してきた陶工は男女あわせて七十名であった。一部は鹿児島に上陸したが、大半のものは上陸を拒み、串木野の島平、市来の神の川に上陸、後に苗代川に移り、ここで築窯し、半陶半農の生活を営みはじめるのである。陶工たちが鹿児島に上陸することを拒みながら、なぜ串木野と市来に分散上陸したのかという疑問があるが、この疑問にこたえる資料としては、陶工たちののった船が台風に遭い、串木野と市来に漂着したと記されているものがある。

それは別にして、苗代川に築窯した陶工たちは、それより明治維新にいたる三百年、薩摩のなかに小朝鮮をつくることを強制され、外部との婚嫁、雑居を禁じられ、朝鮮の風俗習慣、言語を維持することを命じられたのである。自らの意志で選んだのでもない薩摩で、薩摩の人々と交わることも許されず、「高《こ》麗《れ》人《じん》」として卑しめられ、貧困にあえぎ、くる日もくる日も自らにおしよせる望郷の念と迫害と飢餓にさいなまれたのである。

こうした陶工たちの苦難の日々が私には想像に余りある感じがするのであるが、これら陶工たちの生きるようすがが、汗と涙を土にしたたらせ作陶にはげむ以外ではなかったろうことは容易に想像がつく。苗代川を訪れると玉山神社というのがあるが、これは望郷の念にかられ嘆き悲しむ陶工たちのために島津義弘が「韓」の神を祭らせることを思いついたことに因るといわれる。

明治になってからこの陶工の末裔たちは薩摩の小朝鮮から自由の身になったが、いつまでも薩摩では、「壺屋」というと朝鮮陶工の末裔に対する差別語として使われ、またうけとられる場合があった。自由の身になったとはいえ、彼らはそういう意味では決して自由ではなく、明治になってからその差別に耐えきれず村を去る者も多く、婚約を破棄されて自殺を選んだ娘がいたことも私はきいたことがある。そして改姓改名をいさぎよしとせず朝鮮名を棄てなかった人もいたといわれる。

私はこの一年の間に苗代川を四、五回訪れ、そこに絵の素材をもとめてきた。一見なんの変哲もない村里、孟宗竹の林があちこちにみえる村落、村を走っている一本の舗装路も車の往来さえ繁くない聚落である。

国道三号線から鹿児島本線の踏切を渡って村のなかにはいると、道端の木の下にみえるのが「苗代川民陶館」の立看板である。そして、その下に「佐太郎窯」の札が小さくたっていて、細い、車がやっと一台はいるほどの路地がひきこまれている。片側にはいまは廃屋となっているらしい武家屋敷風のこわれかかった門構えがある。

路地は孟宗竹に暗くおおわれ、粘土質の路面は雨がふればぬかるむ。その道を行くと、左手に近年まで共同窯として使われていた仁王門窯の跡があり、右手にはいまは使われていない古い共同井戸が蓋をされたまま暗く陰湿に眠っている。苗代川の井戸は水汲みの女を泣かせたというほどふかい。

竹藪をぬけると視界は急に明るくなり、丘陵性の山裾の斜面に樹木になかばかくれた民陶館の壁がみえる。外観はどこにでもある農家の一軒にすぎない。陶器を焼いているかどうかを訊くのがはばかられるようなたたずまいであるが、一歩庭にはいるとそのような疑問はふっとび、古い甕や壺がころがり、陶器の破片が散乱し、ロクロで仕上げたばかりの茶色の粘土のままのものが整然と並べ干されている。古い低い家のなかにかすかな明りを呼び入れた仕事場では、黙念とロクロをまわす人の座像がシルエットになってうかび、その背後には登り窯が巨大な背をみせている。

民陶館の内部は二階建で、ひろい建物のありとあらゆる空間を埋めて、「苗代川焼」は黒々と訪れる人のまえにたちはだかるのである。黒い肌の量感と、温みを宿した形の、古い苗代川焼のなかにたっている時、私は悠久の時間のなかに己が存在しているような感覚にひきずりこまれ、壺や甕や日常雑器のすべての個体が生きものとなって動きはじめ、語らい唄うのをきくような錯覚に陥るのである。これらの古陶のなかには遠く大阪附近まで運ばれ、他国の人々の日常を沁みこませ、ひっそりと息づいているものもあるといわれる。そうしたことをきくと私は壺や甕やに人生そのものを感じるのである。私はここの二階にある「はりつけ紋」の甘酒半胴が格別に好きである。大黒紋、龍紋、牡丹紋とあるが、私が好きなのは胴に唐草紋をはりつけた、釉のかかっていないものである。灰に銅の錆をとかしこんだような色あいのこの甘酒半胴は、遠い昔から蘇ったような唄をうたいはじめる。そしてそれは私が少年の日、錆びた銅銭を掌にのせていた時と同じ感情に私を誘うのであった。

苗代川焼陶工の沈寿官氏の父か祖父かは、鑑定をする時、目かくしをし、陶器の肌を掌に感じながら、「地虫の唄がきこえる」といわれた、という記事を読んだことがある。ＮＨＫの女性手帳の時間に放映された苗代川焼をみて、随筆風にその感想をある女性作家が書いたものである。

私はそれを読んだ時、心で、そうだ、と思い、その「地虫の唄がきこえる」という言葉のもつ哀切の響きに心をうたれたのである。私が最初西鹿児島駅近くの土産物店で茶家をもとめた時、朝鮮から連れてこられた陶工たちの唄がきこえるようなものがほしいと思ったのは、この「地虫の唄」であったことに気づいたのである。

私はいま数個の苗代川焼をもっていて、ときどきそれを手にして眺めている。それを眺めながら私は、いま自分が手にしている壺や甕がどの時代にどういう陶工の温みを吸いとって出来上がり、この大隅に渡ってき、そしてどのような男や女がそれを使い、愛し、死んで行ったかを考える。人々はその時代にも大隅の地で貧しさに喘ぎ、泣き笑い、怒り喜び、それでも男と女は愛し合い、子供を育て、死んで行ったに違いないのだ。

古陶の肌ざわりのなかにそういう想念を描きながら私は、すでに時間の彼方に消え去った人々の生命を蘇らしたい欲望にかられるようになった。いつかカンバスに向かう私はその絵筆によって苗代川の壺や半胴ばかりをなぞらえ、描くようになったのである。死者は蘇らない。しかし苗代川のもつ素朴で温い肌ざわりのなかに、私は悠久に流れる時間をとらえようとし、滅びることのない人間の美しさを高らかに詩いあげようとしていた。

最近、私は熊本に行った折そこで本妙寺と泰勝寺を訪れた。本妙寺には加藤清正に殉じた金官の墓があり、泰勝寺には細川歴代の墓石が並んでいた。私は金官の墓をみた時すぐ苗代川陶工たちのたどった悲運な生涯を思い、望郷の念と迫害にまみれながら名も残さず死んで行った人々を想った。その理由は明確でないが、私がもとめた佐太郎窯の陶器にはいまも「苗代川」と銘がうたれているだけである。私は本妙寺境内の砂利を踏みながら、豊臣秀吉の野望による朝鮮征伐のもたらした人間のドラマの巨大な悲劇を、関東大震災における朝鮮人大量虐殺、太平洋戦争時代における動員にまでさかのぼらして考えた。

泰勝寺には細川家歴代の墓が無数に建ちならび、ひっそりと静まっていた。細川忠利は彼にしたがい肥後に移った上野《あがの》の創司者喜蔵（尊階）に高田焼を開窯させた藩候である。泰勝寺は細川忠興に嫁いだ明智光秀の娘、細川ガラシャの墓地として有名であった。老木が空をおおい、苔を敷きつめた庭のなかの細い径を歩くと、足音ばかりがいやに耳につく静寂である。死者は永遠に語れない眠りに就き、苔むした墓石ばかりが夥しく屹立し、その表情に消え去った時間の痕跡を残していた。

私は墓石の乾いた苔をなでながら、支配者として奢った者の死と、虐げられ、名もなく墓石もなく、路傍の石の下に眠っている朝鮮陶工たちの死を考えた。鍋島焼のある大川内山には御用窯陶工たちの寄せ墓がある。かつて御用窯陶工たちは秘伝をもらすことを恐れた支配者の手によって名も消され、生涯窯場から出してもらえず、淋しく死んで行ったのである。

「地虫の唄がきこえる……」と心に呟いて、私は頭上をおおう樹木の梢をふり仰いだ。そんな私の目のなかを、白い腹をひるがえし哀しい声で鳴きながら、目白の雛らしい鳥影が掠めたのである。

焼き物つれづれ

「用の美」あるいは「用と美」というのは、主に陶磁器焼き物についていわれることである。焼き物は人の生活の役を果たしながら、なお美的であるところから、絵画とか彫刻などとは趣きを異にしているといっていいのかも知れない。

このところ私の焼き物熱も沈静化しているが、十年ほどまえにはいわゆる焼き物ブームに便乗したような格好で、窯元めぐりをよくやったものである。私の焼き物に対する興味は、もともとそういうものが好きではあったが、とくに薩摩焼発祥の歴史についての関心からはじまった。そして苗代川を訪れたのを最初にして、数年の間には九州の主な陶郷にはほとんど足を踏み入れ、ガイド・ブック片手に古窯跡や土地の民芸館なども訪れてみた。

小石原《こいしばら》、小鹿田《おんだ》、上野《あがの》、唐津《からつ》、有田《ありた》、波佐見《はさみ》、高田《こうだ》、一勝地《いっしょうち》、勿論薩摩焼発祥の地である苗《なえ》代川《しろがわ》にはどれほどの回数を行ったか憶えていない。焼き物のメッカといった感じの有田、小石原にくらべ、小鹿田は日田の山中の、いかにも陶郷らしい雰囲気のなかで、頑強に伝統の技法と枠を守りつづけていたし、一勝地の再興された窯も、相良藩の流刑地だったという場所で、登り窯の煙を静かにあげつづけていた。

一勝地焼の窯は人吉市役所より約一五キロ、球磨川ぞいに下ると、ＪＲ一勝地駅よりさほど遠くないところにある。国道二一九号線を外れて球磨川を渡り、芦北町へ通じる道路にのって訊ねたずねして行くと、峻険な岩山を仰ぐ峠近くに窯場はあった。道路下に登り窯と近くに古い墓石の並ぶ墓場が冬の陽を浴びていた。一勝地焼の開窯はいまから二百年余り昔の一七七六年で、一時廃窯となるまで相良藩の罪人を流刑にし、焼き物づくりをさせていたといわれる。苗字をとりあげ入墨をし、杖で百たたきの上焼物師の下働きとして十年の流刑にしたという古い文書ものこっていて、どことなく悲劇的である。一勝地に限らず日本の焼き物の発祥にはいささかなりとも悲話がつきまとっている。

私は焼き物を、人間が作り出したもっとも生命的な形であると思っている。焼き物は人類がはじめて土によって造り出した道具であり、芸である。そして陶板や皿などの一部を除けば、焼き物が宿命的なまでに負わされている形は、円筒形か球形、円盤形、それに近いものである。これらの形は人の体の部分、あるいは切断面に共通した形であり、宇宙の惑星と同じ曲線をもっており、それが私に生命そのものを感じさせるのである。焼き物が内部に充実させている力と外形の線は、いつも人の体によりそって離れない。

こういうふうに思っていた私が、三角形のワイングラスやアイスクリーム皿や花瓶を造っている女性陶芸家がいることを新聞で知ったのは、一昨年の暮れのことである。いままで焼き物といえば曲線からのがれられない器であると思い、それにいのちの象徴をみていた私には、三角の器というのはショックであった。年が明けるとすぐ車で片道四時間余りの距離の、山深い辺地へ、その女性陶芸家を訪ねた。

たどり着いたところは櫟の林の斜面に「山猫」という看板をかかげた民芸ふうの建物で、そこは展示室をかねた喫茶店だった。店にはいってしばらくすると別棟から陶芸家の女性が現れ、カウンターのなかのステレオで音楽を流しはじめた。洋画家志望だったという彼女は細くしなやかな体に、獲物へ向ける眼をもっていた。

店内には作品展をやったあとということで作品の数はすくなかったが、なるほど三角形の器が置かれており、壁にかけられた花瓶の、三角形の腹部を裂いて内側に彎曲させた、そのなめらかでふくよかなアイボリー・ホワイトのまるみには、なまめきがあった。

私は片道に半日かけて陶房を訪れ、結局二千五百円のアイスクリーム皿一個を買って店を出たが、帰りの車のなかで、三角形の器は箸を使う日本人の生活には不向きだ、ワイングラスにしても、唇をつけて飲むには飲みにくい、しかし、三角形のあの器の形は女性生殖器に還る女性ならではの作かも知れない、と独り言のようにいっていた。

焼き物の形に多様さをみせているのは、心身障害者の自立をめざして作陶と取り組んでいる施設「ひこばえ村」のものかも知れない。「ひこばえ村」は教師だった真早流《まさる》直義《なおよし》氏が、退職金など私財をなげうってひらかれた施設で、村長と村民は一体となって理想郷づくりの汗を流されている。

私とこの「ひこばえ村」との出合いは、奇縁であった。「ひこばえ村」の焼き物を買ってきて最初に私にみせてくれたのは、隣りに住む三浦君である。彼がなにかの催しの会場で買ってきていたのは、河童が壺をかかえて坐っている、楊枝立てにしては深すぎ、一輪挿しにするには浅すぎるかと思える品であった。彼は私にそれをみせながら、それが心身障害者の施設で作られたものだと説明し、一度訪れてみたいと語った。

それから一年半か二年もたっていたか、私はある日バスで友人たちと買物に出かけ、ついでにパチンコをした。昼食はパチンコ店の外のぎょうざ専門店で食べた。

その店でだった。私は出された湯呑にふと心を魅かれたのである。無造作に面取りをした筒状の形と、枯葉色の釉の調和のなかに、私はのびやかでやさしいものをみ、藁の匂いを嗅いだ気がした。私は湯呑がどこで焼かれたものか、街に同じ窯の焼き物を売っているところがあるかと、三十もなかばかといった感じの女主人に訊ねた。円顔の彼女は私の問いに出前の弁当らしいものを作りながら、街にはないが直接訪ねていくと品物はあるだろうと気さくにこたえて、「ひこばえ村」を紹介した新聞のコピー数枚をくれたのだった。私は記事をみた時、三浦君が買ってきていた、河童がかかえている壺の焼き物のことを思い出したのである。

数日して私は真早流直義氏に一度訪れたい意向を書いて手紙を送った。真早流氏からはすぐに電話をいただいたが、私と「ひこばえ村」とのつきあいがはじまったのは、真早流直義著『鴨は見ていた』を頂戴してからである。そこには「ひこばえ村」の設立と、村長と村民の生活の日々が、哀感とユーモアと希望をたたえて、じつに感動的に描き出されていた。

「ひこばえ村」の訪問はその後のことで、町立病院のそばの国道が県道に分かれる地点に標識がたっていて、「村」は庭を共有する一塊りの農家をみるようなたたずまいをみせていた。母屋、作業場、展示室、そして作業場と展示室の二階は入村者の居室となっていて、庭には家畜舎があった。作業場の二階の外壁には「村」の合言葉、「楽しく生きて爽やかに燃ゆる」と、村長の墨跡でかかげられていた。

みせてもらった展示室は真早流直義氏の油絵、書を背景に、村長、指導員、入村者の手になる焼き物でいっぱいだった。それは私がいままで訪れたどの窯より、無造作に雑然としていた。

奇をてらってそうしたのではなく、焼き物を品よく飾ってみせるようなことにまでは手がまわらないといった感じで、それだけに個々の焼き物がそれぞれに自己の存在を訪問者に訴えかけてくる、そういった迫力があった。

私はそこの焼き物にとり巻かれていて、土から立ちあがったばかりといった感じの、素朴で力強い形の多様さに驚き、人間とはこれほど自由に土による造形をなせるものかと考えた。そこでも焼き物は基本的には円形であったが、その他にかれいや木の葉を形どった皿や、木の葉を筒状に巻いた形のカップがあるかと思えば、粘土を鼻つまみのようにつまみあげ山を写した感じのものもあり、作陶過程も、粘土をぎんなんほどの玉にして積みあげたり、板状にのばした粘土を四角に切りとって、それを継ぎながら円筒状の花筒にしたり、じつにさまざまであった。私はいままで、自分が焼き物に型にはまった考えでもって接していたことを知ると同時に、目のまえにあるものがどれひとつとして生活の役に立たぬもののないことに気づいていた。そして当日、私もまた、長すぎる四肢でしっかりと壺を抱きかかえて坐っていた河童の、楊枝立てにするには深すぎ、一輪挿しにするには浅すぎ、それでも象徴的な感じのする小壺を、れんげやすみれを摘んできて活けたら見栄えがするだろうと考えてもとめたのである。

最近は陶芸展もあちこちで催され、ブームが去ったあとの陶芸熱は、より落着きをみせて盛んのようである。ただ、昔はひたすら茶碗、皿、壺など人間の生活の道具としての器「用の美」だったものが、この頃では器としての焼き物と、表現としての焼き物が作り出されつつあるようである。陶芸展を訪れると、生活の道具としてはまったくどう使っていいかわからないような焼き物が展示されているのに出合う。造形の面白さ、釉と形の調和のなかに作者の芸があるのだろう。

私の焼き物好きはどちらかというと骨董趣味である。百年、二百年の彼方の人の体温や手垢を沁みこませて、いまも鈍い輝きを放っている壺などをみると、私はもうたまらない。

文箱のなかの通知表

私は数年に一度くらいのわりで、身のまわりの片付けをする。主に古雑誌や書き損じの原稿用紙を火のなかに投げこむのである。

今年も春になんとなく思いついて、それをやった。

ダンボールの箱のなかに書き損じの原稿がぐったりした感じで折り重なっていた。それをまるめて火に投じながら、自分はなんと無駄の多い文章書きをするのだろうと、あきれていた。

ふと原稿用紙の間にはさまっている、褐色の紙がみえた。「あっ」と思ったのにつづいて「こんなところにあった」と私は呟いていた。

私がとりあげた紙片は、藁半紙より厚目の紙が二つ折りになっている、小学生時代の通知表だった。紙肌は褐色に色が変化し、ところどころに黴や汚点の痕がのこっていた。

この通知表がいつからかみえなくなっていた。机の抽斗の父の形見の文箱にしまっていたはずだがと思って探してもみつからなかった。まさかすてるはずはないから、どこかにまぎれこんでいるのだろうと思う反面、あるいはまちがって焼きすてたのじゃないかと、ときどき思い出しては気になっていた。

その通知表が焼却予定の原稿用紙の間にはさまっていたのだ。

私は数年ぶりに手にした通知表を安堵と懐かしさのいりまじった思いのなかでひらいてみた。通知表は二学年分だった。一通は尋常小学校一年のもので、あとの一通は、国民学校と呼ばれるようになってからの四年生の時のものだった。小学校一年生の通知表は来年ですでに五十年になる。

私は通知表をひらいてみながら、過ぎ去った年月の遠さに、いつものことながらぼんやりとなった。

尋常科時代の評価は甲乙丙丁となっており、国民学校四年当時には優良可に変わっていた。通知表をみると、その頃の自分と担任の先生の名前と面影が鮮明によみがえる。成績表に記入された文字の一つ一つに安堵したり、心を暗くしたり、父に怒られはしないか、どういうタイミングでみせようかと心を痛めた記憶がある。算数の欄に「良下」の評価が一つあって、それをその頃中学校に通っていた兄に指摘されて、目の前が真っ暗になる思いをしたこともあった。兄のなかには成績のわるい通知表を目のまえで父に破きすてられたのもいて、そういう話をきかされていたので、私は父のまえに正座させられて叱られることを思って、夕食に呼ばれるまで外で遊んでいた。家に帰っても父の目から逃げることだけに気を使っていた。

しかしなぜか父はその夜、成績が下がっていることをいって私に説教をしなかった。それはいまも私のなかでまったくの謎である。

父は子供の教育には極端に厳しかった。農業かたわらに食品や雑貨などを商う店を出していた父が、どうして子供の教育に熱心だったのかわからなかったが、子供にとって父の熱心さは有難迷惑だった。

私は八人の子供の七番目で、男五人のなかの末であった。父は私が小学校に入学した頃は比較的寛容であったが、それでも頑固親父で厳格だったことには変わりがなかった。目白捕りをすることも虫捕りをし木登りをすることも禁じられ、ビー玉やカードをポケットにしのびこませているのでもみつかろうものなら、激しい叱責が待っていた。徴兵で満州に行って死んだ長兄などは、出征する前になっても映画を観ることさえ禁じられていた。しかし造船所に働いていたこの兄は、皮肉にも映画を観、音楽を聴くことが好きだったようで、仕事の帰りなどよく映画館にはいっていたようだった。兄が出征する前にかくしていたプログラムが何枚もみつかって父が激怒したということを、母が私によく語ってきかせてくれていた。

その兄も太平洋戦争勃発の数日前に、当時の満州国新京で戦死して帰ってきた。合同慰霊祭は翌年市内の小学校でおこなわれたが、酒に酔って兄の遺骨を抱いた父は、葬列の先頭を行く軍楽隊が「海ゆかば」の曲を吹奏しはじめると、激烈な声を放ってそれをやめさせた。子供の私には父の痛恨の思いは少しも理解できなかった。そんな父をむしろ恥かしいと思って私は歩いていたのだ。

父も一時期軍隊にいたようだった。おそらく日韓併合後の韓国あたりにでも渡っていたのか、箪笥の抽斗には桐箱におさめた勲章がしまいこまれていた。

父は政治にも興味をもっていて、よく時局の話をしていた。蔣介石とか張作霖とか、匪賊、馬賊という言葉もことあるごとにきかされた。

このような父が息子たちに抱いた夢は、軍人、それも職業軍人にすることであった。しかし父が厳格な仕付けをもって育てたにもかかわらず、長男は映画や音楽鑑賞が好きで、二十四歳の一兵卒で戦死してしまったし、次男は頑健な体をもった男だったが頭脳明晰というわけにも行かず、三男は勉強より父にかくれて柔道場通いをする喧嘩っ早い性格で、四男だけがかろうじて父の願いをかなえて、中学四年から士官学校に入学した。それだけは父の生涯を通じての唯一の誇りでもあったようだ。そして最後に父が私に託していた夢が外交官だというのだから、親というものは何と途方もない望みを子供の将来に思い描くものだろうと思ってしまう。人間関係に疲れやすく、どちらかというと独りでいることを好むいまの私には、外交官などというものが、どれほど見当ちがいな夢だったかわかるのだが、父はおそらく軍隊時代に、外交官の格好のいい場面をみたりなどして、それをそのまま私の将来に仮託したにちがいなかった。私がハンセン病にかかっていることがわかった時、父と母はそのことをいってどれだけ嘆き悲しんだか知れなかった。たとえそれが果たせぬ夢だったとしても、おそらく一〇〇パーセント実現しなかった夢だったろうが、それでも私が病気になどならなかったら、父と母の生涯はまだいくらか救いのあるものだったにちがいなかった。

私の二通の通知表をとっておいてくれたのは、教育に厳しかった父の仕業だった。子供の頃の私には、自分の通知表などなんの興味もなかったし、それを大事にしまっておくなど、考えも及ばなかったことだ。その上わるいことに、ハンセン病の診断をうけて、学校に行かなくてすむことを知った時は、父や母の嘆きをよそに、病気になったことをひそかに喜んでいたくらいだった。私は勉強が好きではなかった。

私が療養所にはいる時、父の形見の文箱に入れて通知表をもたせてくれたのは母だった。療養所に行くのにそうしたものをもたせる母の心を、その時は、うとましくさえ私は思っていた。

文箱は黒漆塗りのもので、蓋の表には陸軍と海軍の象徴である星と錨が小さく描かれていて、裏には恩賜財団軍人援護会の文字が書きこまれていた。

この文箱からどうした理由で私が通知表をとり出していたものか、わからなかった。

焼却予定の原稿用紙にはさまっていた通知表を手にして、火が消えるのも知らずにいた自分に私はふと気づいた。足もとでは黒く反りかえった燃えがらが、風に吹かれて動いていた。

「それにしても気づくのが早くてよかった」と呟きながら、数年ぶりに手にした通知表をかたわらに置き、私はあらためてマッチの火を紙に移した。そして、焼酎が好きで、パチンコが好きで、おまけに原稿用紙の無駄ばかりしている同人雑誌のもの書きで、こんな自分をあの世から父がみているとしたら、なんというだろうか、と私は考えた。親が思うように子供は育たないものよ、と父は諦め顔でいって苦笑しているようにも思われた。

雲仙岳に至る

　雲仙岳が去年の十一月に噴火した。約百八十年ぶりのことだという。そして年が明けて平成三年二月十二日に、一度治まったと伝えられていたこの山が再噴火した。

　雲仙岳は普賢、妙見、国見岳などから成りたっている。日本で初めて国立公園の指定をうけた観光地である。熱湯の噴出している地獄や冬の霧氷、秋の紅葉、春のつつじ、温泉、それにキリシタン信徒の処刑、ラジオ・ドラマ「君の名は」などで全国的にも名を知られている。山麓の海岸沿いには小浜温泉があり、島原半島の突端近くには島原の乱で知られる原城址もある。

　雲仙から小浜へかけては、父母の出身地として私にとっては縁のふかいところである。いまは父と母の出生地をくわしくは憶えていないが、小学生の頃、それぞれ一度は訪れたことがある。どちらも雲仙と小浜の中間あたりだったと思う。父の里には父に、母の里には母に連れて行ってもらった。父の里に行った時は夏で、この時、私は初めてひぐらしの鳴くのをきき、母の里では縁側に吊してあった干柿をもらって食べたことを、おぼろに憶えている。小浜には叔母たちがいて、叔母の家には父や母の里を訪ねた回数より多く行っている。温泉の湯けむりと、ひろがる海と木炭をたいて走るバスからの眺めは、いまも私の胸中に子供の頃の思い出のひとつとして焼きついている。

人は父についてより、母についての記憶を多くもっている存在ではないかと思う。とくに戦前の日本の父は、子供に対しては威厳ばかりをみせているようなところがあったし、私の父も例外ではなかった。それで私のなかにも父は厳格で子供に対してはやさしく接してくれない、他人のような存在としてしか意識されていなかった。ときに酔っぱらって頬ずりしてくれる時は髯がひどく痛かったし、手はごわごわと固かった。おそらく私も人並みに父にやさしくしてもらったことがあるにはちがいないのだが、私は自分の都合のわるかったことだけを憶えている性をもってうまれてきたのか、父との間に楽しい思い出をそれほど多くもっていない。ただ父は郷里の縁者の家に祝い事や不幸があったりすると義理固く出掛けていたし、その時は必ずのように「湯せんべい」を土産に買って帰ってきていた。缶に入ったせんべいの歯ざわりのよかったことは、いまも忘れがたい。缶のラベルにはぐるりと島原半島の名所の地図が書かれていた。母は民話などを結構知っている人で私にもよく語ってきかせてくれた。その中に雲仙にある諏訪の池の大蛇の話があった。ストーリーもなにも忘れてしまったが、諏訪の池と大蛇だけは結びついて記憶にある。

父と旅行したことは二度ある。一度は久留米に入隊していた次兄の面会に行った時で、あとの一度は、海軍の幹部候補生だった兄が夏期休暇で帰省した折、父の郷里を訪ねた時である。兄の休暇を利用して父の里へ行ったのは、おそらく父が故郷に錦でも飾るような気持ちでそれを望んだのだろう。兄は純白の夏服に金ボタンを輝かせ、ピカピカに光った鍔《つば》の短い帽子をかむり、腰には飾り金具のついた短剣を吊っていた。

昭和十七年といえば太平洋戦争で日本がまだ勝ち戦の時である。父と兄と私は木炭をたいて走るバスにのって、父の故郷への初めての旅に出た。昼頃に小浜へ着き、叔母の家でしばらく休んで、父の里へ歩いた。

いまはどれほどの距離を歩いたのかはっきりしないが、川沿いの道を夏の陽盛りのなかをのぼって行ったことを、断片的に憶えている。道路地図をひらいてみると、小浜町には地図にのるような川はひとすじしかないので、おそらく金浜というところからのぼって行ったのだろう。しばらくのぼって、河原伝いに渓流を渡ると、低く石垣を積んだ上に父の生家はあった。家のまえには細い道が通っていて、道と屋敷の石垣との間には、田んぼへ水をひくための細い疎水が音もなく流れていた。

父の実家はその頃どこの農家でもみられるように、広い土間と薪を焚くかまどと、台所のそばにいろりのある、全体に煤けて暗い家だった。縁側から川をへだてたむこうの風景が見渡せた。

当時、父のうまれた家は甥の時代に移っていて、私の叔父叔母にあたる人はすでに故人となっていた。私は父のほうの祖父母をまったく知らずに育った。

夏の山村の夕暮れは靄の漂うなかに静かにやってきた。そしてそうした夕暮れの気配のなかに母からきいていたように、ひぐらしがものがなしく鳴きはじめた。母はひぐらしのことを「カナカナ蟬」といっていたが、ひぐらしはたしかに、カナカナ、カナカナと鳴き、鳴き音を長く曳いて、鳴きやんだ。母は夜になると狸や狐が鶏を襲いにくることや、便所が家の外にあって、子供の頃にはそんなことが恐かったことなどを私に話してくれていた。父の家でも便所は庭の隅に粗末な形で建っていた。それをみると私は、夜中に便所に行きたくなったらどうしようと思った。

父の実家に泊まった翌朝、父と兄と私は雲仙岳へのぼった。家の裏手から山道へはいって現在の国道に出て、それからまた山のなかへはいり、地獄をみて、普賢岳へのぼった。戦時中のことで、ほとんど人と会うこともなかった。父は夏でも氷が溶けないでいるという鳩穴や地底から風が吹き出してくるという風穴などを教えてくれた。鳩穴は岩のかけらの推積する斜面を、暗い口をあけている洞穴へむかって降りて行くと、夏の盛りというのに、たしかに岩の間にはさまって氷が溶けのこっていた。それは霜柱のような氷であった。風穴というのは、普賢岳の頂上へのぼる細い道のかたわらに、それとはすぐに気づかぬほどに口をひらいていた。父が近づいてみるように教えたので顔をよせて小さな穴をのぞきこむと、かすかに風の気配が伝わってきた。

普賢神社に参拝して、帰りは仁田峠に出た。仁田峠からゴルフ場にはいり、ゴルフ場の松林の陰にある休憩所で父にミルクセーキというものを買ってもらって食べた。舌にとける氷の感触と甘さは、いまもなぜか忘れられない。父と兄と私はゴルフなどする人のまったくいないゴルフ場のなかを悠然と歩いて、ふたたび父のうまれた家へもどった。

二年まえの十二月、同郷の友人たちと里帰りする機会があった。一泊二日の小旅行である。鹿児島から飛行機で飛んで、その日の昼にはすでに長崎市に着いていた。

夜は小浜に一泊して、翌朝、雲仙観光であった。

それまでも私は旅行の途中で雲仙を通り過ぎたり、地獄見物をしたことはあったが、なぜか仁田峠を訪れたことがなかった。小浜から雲仙、島原のコースをたどるたびに、父の里はたしかこのあたりから山にはいったのではないか、ここらは見憶えがあるような気がすると思いながら、いつもそのまま通り過ぎていた。父と兄といっしょに歩いた日があまりにも遠くに過ぎ去っていて、あらためてその還らぬ日々を生々しく思い出させる場所にたつのが恐い気もして、私はそこを訪れることをほんとは避けていたような気もする。

小浜に泊まった翌朝は冷気が身に沁むよく晴れた日であった。小浜から雲仙までは約二十分の距離である。車はあちこちに噴気のみえる温泉郷を経て、またたくまにゴルフ場のそばを走りぬけた。日本で初めてパブリックコースとして開設されたというゴルフ場は、赤松の林をかきいだくようにわずかな傾斜をみせてひろがっている。それは私の記憶にある風景そのままであった。そして私がミルクセーキを食べた休憩所の店も、家の構えは変わっているようにみえたが、やはり同じところにあった。

車窓の外にそれらをみながら、私は懐かしさが塊りとなって胸を塞ぐのを覚えた。

仁田峠の広い駐車場から植込みのつつじの間のゆるやかな坂をのぼると売店があり、その上にロープウエーの発着所がある。ゴンドラは冬枯れの山の急斜面を、かすかな軋みを伝えながらあがり、まもなく妙見岳の展望所に着く。空はブルーに澄んでどこまでもつきぬけていた。

私は展望所のフェンスにもたれて、眼下にひろがる風景を眺めた。左手に普賢岳がひかえ、右手下方には緑色の水をたたえた湖がのぞき、真下には枯草色のゴルフ場が松林をはさんで傾斜をみせている。ゴルフ場に目をやりながら、私は四十数年前に父と兄と歩いた自分の姿をさがしていた。かんかん帽をかむった父と短剣を吊った兄と帽子に櫻を形どった校章をつけた私が、夏の陽炎のなかを歩いて行く幻影が、遠い昔のこととしてうかんだ。あの時、兄が吊っていた短剣の飾り金具が温泉の噴気で化学反応を起こして輝きが曇って、父と兄がひどく気をもんでいたこと、帰りには、当時小浜と長崎の網場を結んでいた船にのって、私が船酔いしてしまったことなどが、つぎつぎに心を通り過ぎた。いまでは父も死んで、兄とも疎遠に暮らしていては、それらの思い出も自分の心でまさぐっている以外に、誰と語ろうにも術はなかった。

そうしたことに思い遊ばれながら、私はいつか、普賢岳からゴルフ場へ下りてきた道をさがしはじめていた。展望所から見下ろす風景は針葉樹と雑木とつつじと枯れた草の冬のたたずまいだけで、それらしい道はみえなかった。ロープウエー建設で当時の山道はすたれて、いまは舗装路に変わってしまったのかも知れないと、そんな諦めの気持ちをもって私はフェンスを離れ、売店で売っている甘酒を同郷の友人たちと飲んだ。甘酒は山の冷気のなかで温かく喉をぬらしたが、山頂で味わうにしては人工的な甘さがつらいように思われた。

山の風景もしばらくみていると飽きがくる。やがて下りのゴンドラにふたたびのった。下に下りると、売店で絵はがきでも買おうかという気になったりもしたが、それもあまり気のりがしなくて、私は石段に足をかけた。その時ふと左手の落葉した低木の林の手まえに普賢岳遊歩道の標識をみつけた。道端に枯草ののびた道が、冬陽を浴びて林のなかへ消えていた。

いつか父と兄と三人で普賢岳から下りて来たのはこの道がそうだったのだろうか、と私は自分に問いながら石段にたっていた。風がうまれて草がゆれた。その風に誘い出されたように、ふたたび普賢岳への道をたどってみたいという思いが私のなかに燃えた。だが、なぜか私の足は動かなかったのだ。

しゃも幻影

鹿児島にはさつま鶏と呼ばれるしゃも系統の鶏がいる。闘鶏につかわれているときくが、闘いの場面をみたことがまだない。さつま鶏そのものは二、三度みたことがある。羽毛の色は多彩で美しいが、体がやや重い感じで、闘争心まるだしのいわゆるしゃもの体つきからすると、いくらかおとなしい印象をうけた。たまたま私がみたさつま鶏がそうだっただけかも知れない。

このさつま鶏の闘鶏が私の住む鹿屋市でもおこなわれているらしいが、いつも終了の新聞記事だけをみて、また見物に行く機会をのがしたと、私は毎年心のこりの思いをする。部外者にみせてくれるのかどうかわからぬが、どうしても一度みてみたいと思っている。しゃもが血みどろになって闘う姿はいかにも残酷めいているが、一度みてみたいという気持ちは私のなかからいまも去らないのだ。

奇妙に思う人もいるかも知れないが、少年時代に私はしゃもの世話をしていたことがある。ハンセン病になって友達との遊びからしだいに離れて行くようになった私に、父と母がしゃもを飼うことを思いついてくれたものである。それまで鶏は家でも飼っていたのだが、しゃもは飼っていなかった。それで母がしゃもを飼っている近所の家に行き、孵った雛の半分を返すという条件で受精卵をあずかってきて、家の雌鶏に抱かせたのであった。

しゃもの雌鶏はあまり喜ばれなかったが、孵ったのはたしか雄が四羽と雌三羽の七羽であった。そのなかから私の家に雄二羽と雌一羽がのこされた。父が雛の飼育箱もこしらえてくれ、世話のいっさいが私にまかされることになった。

父と母がどうして他の動物、犬や兎やそうしたものを選ばず、しゃもを考えたかというと、もともと父が好きだったことによるようだった。私がもの心がついた頃の父にはそんな気配は微塵もなかったが、若い頃の父は闘鶏に熱中していたと、母が私に話してくれたことがある。子供には虫捕りや目白捕りをすることも許さず、ビー玉やカード遊びをすることにも不機嫌だった父だったが、若い頃の父は結構遊んだようだった。闘鶏もそのひとつだった。

「長崎の遊び男」といわれるそうだが、これは例外にしても、長崎には粋を好む気分が多少あるのかも知れない。異国文化がもっとも早くはいってきた土地柄であり、そこに日本各地の雑多な風俗が流れこんできたことにもよるのだろうが、祭りや行事が多い。諏訪神社の祭礼である「くんち」、盂蘭盆会の精霊流し、春の凧揚《はた》げ、ペーロン、それに加えて中国盆などである。「くんち」は一年の大半を費やしての祭りであり、凧揚げなどは長崎の男の遊び心をもっとも表している行事かも知れない。異国船の船員が揚げてみせたことに由来するという凧揚げは、以前は桃の節句から端午の節句へかけておこなわれる行事で、大人から子供までの男たちは凧揚げに夢中になり、我を忘れた。長崎でハタと呼ばれるこの凧はいわゆる喧嘩凧で、ビードロという糸をつけて上空へ揚げ、切り合いをするのである。切り合いに負けて飛んだ凧は誰がひろっても文句をいわれないしきたりとなっていた。凧揚げは誰もが楽しめることではあったが、金持ちの遊興のひとつでもあった。切り合いに負けるとまるまる金をすてることにもなったので、切り合いをして遊ぶということはそう簡単に出来ることではなかった。リンデン伯の描いた「日本の思い出」のなかには緋の毛氈を敷いて凧揚げを見物する町人らしい身なりの人物たちが登場している。

この凧揚げの凧をつくる店が私の家の近くにあった。季節が近づくと凧屋では家内工業的な凧つくりとビードロ引きが毎年おこなわれていた。真竹を割って骨組みにし、赤、青、白の和紙で紋様をつくり、それを貼ったもので凧は出来ていた。切り合いに使うビードロはガラスの粉末を飯粒と練り合わせ、これをよまに塗りつけて乾かし、針金のように仕上げるのだった。

凧屋では春が近づくと他人手をやとって凧つくりをし、ビードロは息子夫婦に凧屋をゆずった父親が近くの隠居家でおこなっていた。白髪頭を坊主にしたこの父親は私の少年時代にはずいぶんの老人にみえていたが、おそらくは五十を過ぎたばかりの年だったのかも知れない。晴天の日は庭にたてた二本の丸柱に幾十本ものよまを渡し、手にビードロづくりの練りものをにぎって、老人は単調な作業に明け暮れていた。

どうしたかかわりがあったのか知らないが、この老人のところでときどきひそかに闘鶏がおこなわれていたのだった。母屋の庭の隅に雨の日に老人がビードロ引きや凧の骨削りをするトタン屋根の小屋があったが、この作業場が闘鶏につかわれていた。どこからともなくしゃもを法被にかくして小脇にかかえた男たちが集まってきて、それらは唐丸籠に入れて隠居家の裏に置かれ、闘鶏の順番待ちをさせられていた。

闘鶏は筵を横にしてたて、円形にめぐらしたなかでおこなわれていた。私は凧屋の作業小屋でもよおされる闘鶏をなんどかみに行ったことがある。部外者はもちろん子供にみせるようなものではなかったが、息をころしてしゃもの闘いに気を奪われている大人たちの陰にかくれて、私は筵のなかのしゃもの姿に目をこらしていたのだった。

闘鶏がおこなわれる日だけは凧屋の作業小屋は秘密めいた殺気にみちていた。男たちは一様におし黙って筵のなかのしゃもに目を奪われていたし、そうした沈黙の目を集めてしゃもは首の毛を逆だて、羽根を乱し、よろめいて尻もちをつき、とさかから顔へ血を流しながら闘っていたのだった。

凧屋の作業小屋でもよおされる闘鶏を私がみに行った頃には、父はまったく闘鶏などには興味もない様子をしていたが、一度だけこっそりと見物にきていたのをみたことがある。人垣の間に父の姿をみつけた時は父と自分がひそかなたのしみを共有しているような思いになったのだが、私が父の姿をみたのは一瞬のことで、まもなく父の姿はその場から消えていた。帰って私がそのことを話すと母は、あんなものは子供がみるものではない、と私を叱りつけた。

私の家で孵ったしゃもは中雛ほどになると鼠屋に四羽がひきとられて行き、雄二羽、雌一羽がのこった。そのなかで雄の一羽はなぜか成育がわるく、順調に育ったのは雄と雌の二羽だけだった。雌鶏は体も小ぶりで産卵も少なく、抱卵もきわめて下手だった。雄は成長するにつれひどく精悍な面構えに変貌して行く。

しゃもはもともとシャム（現在のタイ）を原産地としていて、しゃもの名はシャムに由来したのだろうといわれている。羽色には濃褐色、淡褐色、銀灰色、黒色、白色、赤笹などがあるが、闘鶏には主に黒と赤笹が用いられていた。

羽色がしゃもの気性にどう関係しているのかわからなかったが、私の家で成長したしゃもは赤笹だった。濃褐色に黒が混じった羽色がしゃもの燃えるような闘争心をいっそうかきたてているようにみえた。雛の頃から私はバッタやどじょうをつかまえてきては食べさせ、一日一回は庭に放して運動をさせたりした。しゃものとさかは普通の鶏のように鋸歯状のきれこみがあるものではなく、いちごを半分に縦にきってくっつけたような格好をしていた。成鶏になって行くにつれ、顔、耳、胸と紅色に染まってきた。嘴と足は黄色で、目つきも鋭さを増し、上空にとびが姿を現すと、くくぅと警戒の声を発して、首をかしげた。蹴爪も成長に応じて伸びてきた。肩を張り首をまっすぐにたててあたりを睥睨するような姿勢でいる時は、威厳さえ感じさせた。

成鶏になると蹴合わせというのをときどきやった。ボクシングのスパーリングのようなものである。私のところで育って爪屋にひきとられて行ったしゃもが相手だった。爪屋の主人は思い出したようにやってきては私の家の赤笹の成長をたしかめ、父となにやら語っては帰っていった。

蹴合わせをさせる日は爪屋の主人がしゃもを抱きかかえてきて、私の家の庭で両方を睨み合わせた。爪屋にひきとられて成長したしゃもは全体が黒の羽色で、赤笹よりもひとまわり大きく、猛々しい顔つきをしていた。光を反射して紫に輝く黒は、顔や胸の紅色に映えて、見事な美しさをみせていた。

蹴合わせは互いが傷つかない程度の時間でひき分けた。赤笹は爪屋の黒にくらべていつも劣けをとる感じだった。

しゃもがいよいよ成鶏になると、その脛にまで紅がさすようになる。その頃になるとときどき白米に卵黄をまぜて与えた。父が闘鶏をやっていた頃は白米に再度磨きを加えていたそうである。餅も与えた。自分からすすんで食べようとしない時はしゃもを小脇にかかえ、嘴をこじあけておしこんだ。まむしを乾燥して粉にしたものも食べさした。籠から放つと一目散に雌をめがけてとんで行き、片羽根を足で蹴るようなポーズのディスプレーをして交尾をしようとした。しかししゃもの交尾は人が雌の体を支えておいてやらぬとなかなかうまくいかなかった。雄は私などが地面近くで手をひらひらさせてみせるのにさえ、ディスプレーをした。

ある日爪屋の主人がやってきて、こんどもよおされる闘鶏に赤笹を出してみないかという話があり、父も私も承知した。それからは毎日のように卵黄を与え体造りをした。そして闘鶏の日の前日にはしゃもの足を塩をつけて磨き、蹴爪にはやすりをかけた。その夜は籠の底に筵を敷いて眠らせた。

闘鶏には父も私も行かなかった。闘鶏が終わった夕暮れ、爪屋の主人がしゃもを抱いてやってきた時、しゃもの頭や顔はどす黒くなって腫れあがり、無惨にも上の嘴はもげていた。目もなかば塞がっていた。爪屋の主人はしゃもを地面におろしながら、闘いに負けたことを手短に話して帰って行った。

その後このしゃもがどうなったのか、いまはよく憶えていない。もげた嘴が不完全にではあったが、のびてくるまで世話をしたことはたしかであるが、その後の記憶がない。種鶏として買われて行ったような気もするのだが、その思いもおぼろである。

目白の去った日

人間の記憶の底には思いがけぬことが、いつまでものこりつづけているもののようである。今年は年明けとともに鹿児島県地方では珍しい雪に見舞われた。庭の樹木や地面に降りつもった雪をみながら、この雪では山の小鳥も里へおりてくるかも知れない、と私は縁側から外を眺めて思っていた。庭のピラカンサの枝には真紅の実が鈴なりになっていて、やがて成熟の時期も終わりかけていた。

一昨年はそれほど雪が降ったわけではないが、年が明けるとまもなく、ひよどりや目白やつぐみが里におりてきて、庭のピラカンサの実はまたたくまに彼らの餌食になってしまった。昨年は実のつきも少なかったが、二月になってつぐみが集団で襲ってきたほかは、ひよどりも目白も姿をみせなかった。

あるいは、と私が予想したように、今年は降りつづいている雪といっしょに小鳥たちの声が、空から舞いおりはじめた。そして私の部屋のまえのピラカンサの実をめがけて彼らがやってくると、雪にいろどりをそえていた真紅の実は、数日の内に食いつくされ、あとには冬の寒々しい日陰だけが残った。

だが小鳥たちは食物の実がなくなっても去り難いらしく、日に幾度かは餌をもとめてピラカンサの枝に移ってきていた。

そのいかにもひもじ気な彼らの様子をサッシの硝子に顔をおしつけてみていた私は、一昨年もそうしたように売店からみかんを買ってきて、それを輪切りにして木の枝に刺した。日差しが明るさを増しているのにふっと気がつくこの頃になると、あちこちの庭の植木に、輪切りにしたみかんが花が咲いたように刺されるようになった。

鹿児島、宮崎、種子島の方言では目白のことを花吸というのだそうであるが、輪切りにしたみかんに集まってくる目白をみていると、容姿のよさや仕種のかわいさに見惚れて、私はいつも籠に飼ってみたいという欲望にとらえられた。ただそんな時の私の欲望をおさえるのは、もし籠に飼って死なせてしまうことがあったら、可哀相だからな、という自分のなかの呟きによっていた。


子供の頃の私にも目白捕りに夢中になった一時期がある。目白捕りはとんぼや蟬とりとはちがった、温かい体温をもった生きものを自分の掌中にする喜びにみちていた。

いまはないが長崎の港のみえる丘のうえに私の生家はあった。長崎の市街はまわりを金比羅山、彦山、鍋冠山、稲佐山などにとりかこまれていて、愛后山、風頭山が市街地に接していた。諏訪神社の祭りもすぎると秋はいっそう深まりをみせて、澄みわたった空から小鳥たちが鳴きながら舞いおりてくるのもこの時期である。その秋、初めての目白の声をきくと、子供の私はすっかり興奮して、納屋からほこりをかむった目白籠をとり出しては洗ったり、囮籠の修理をしたりした。

目白捕りに行く山は風頭山や愛后山、彦山が主だった。たまに足をのばして七面山や本河内、田手原などまで、ときには一人で風呂敷でつつんだ籠をかかえ、服のポケットにはとりもちを入れた容器をもって出かけた。墓石の立ち並ぶ風頭山の斜面では楠の梢で風に吹かれて目白が鳴いていたし、彦山の山頂では松籟の音にまじって四十雀や目白が鳴いていた。彦山には米粒ほどの黒い実のなる木があって、それをとって食べると淡い甘ずっぱい味が口のなかにひろがった。

愛后山はほとんど椎の巨木におおわれていて、遠くからみるとこんもりと飯を椀に盛ったような姿をしていた。秋になると私などはよく椎の実ひろいに出かけたし、その時期に目白捕りの季節も重なった。椎の梢で日光をさえぎられた愛后山は昼間でも鬱蒼としていて暗く、山頂までは急勾配の石段がつづいていた。山頂にたどりつくと巨岩をくりぬいて神殿とした愛后神社があり、かたわらには稲荷などの祠もあった。神殿の南側に一段低く、奉納相撲のおこなわれる広場があったが、そこが目白捕りをするのに、もっとも格好の場所となっていた。頭上に低く椎の枝がかむさっていて、石垣を積みあげた広場の端に若木をたてて囮籠を吊し、とりもちを張るのだった。山の目白は囮の鳴き声に呼びよせられて、とりもちを張った枝のまわりに音もなくよってきたり、籠の囮と鳴き声をきそいながら、ひと息に降下してきたりした。

目白もよく観察してみると、それぞれに個性があった。目のまわりの白い縁どりにも濃いのや薄いのがあり、羽毛の色にしても、胸のチョコレート色の濃いのや、腹毛の黄色の線の鮮やかなもの、鳴き方にしても高いの低いのだった。枝を移っている動きにしても、いつも集団でいるもの、片時も番《つがい》でいることをやめないでちまちまと餌ばかりあさり歩いているもの、そうかと思うと高鳴きをしながら他の目白を追いちらし、孤高をほこっているようなものまで、さまざまだった。

私が目白捕りに夢中になっていたある年、愛后山に一羽の目白が住みついた。高い声で激しく鳴いて、羽毛の色も輝いていて、枝にとまった姿は優美でさえあった。

目白捕りをして遊ぶ子供のあいだでは、あるいは籠ぬけの鳥かも知れないと噂がたつほどであったが、そう噂しながら誰もがこの目白をとらえることを夢みていた。私もそれを願望しているー人であったが、ある日、愛后神社の神殿の裏の巨岩のうえに私が張ったとりもちに偶然にこの鳥がかかったのだ。いままで囮籠のそばにも近よらず、近よってもとりもちを張った枝は確実に避け、他の目白なども嘴を鳴らして追いまわしていた鳥だった。

その目白がとりもちについて逆さ吊りの格好になった時、私は信じられないほどの喜びでいっぱいだった。足ががくがくして、体がふるえた。

しかし、とりもちからはずす時、私の手指を挑戦的な激しさで噛んだこの目白は、私が与える餌を徹底的に拒んだ。籠の中で暴れるのは勿論だったが、手でつかんで嘴をひらいて餌をおしこんでやっても、決してのみこもうとしなかった。捕らえられたその日に人の与える餌になれてしまう鳥のいるなかで、彼はいかにもきたならしいものを口におしこまれたように、嘴を振って餌をとばしてしまうのだった。手をやいた私は子供心にも憎いと思った。そして彼は白い粘液状の便を垂らしながら、遂に餌になれることもなく、ある朝籠の底で両肢で虚空をつかんだ格好で死んでいたのだ。

目白のこの死からすでに四十年余りが過ぎた。

庭のピラカンサの陰の水仙が満開になると、風はまだ冬のままといった感じなのに、私の与えるみかんに群がっていた小鳥たちも、日毎に山へ帰っていった。四、五羽のこっていた目白もある日一羽になってしまい一羽だけがいつまでも庭からはなれなかった。高く悲しげな鳴き声は雌のものだった。色あせた羽毛を逆だてて風に吹かれているさまは、ふぐ提灯を思わせた。

病気だろうか、と私は案じたりしながら餌を与えていたが、その雌も、朝からひどく暖かい日、なにかに驚いたような声を発して舞いあがると、上空で風に吹き流されるようにして消えてしまった。私が消え去った目白を見送って庭にたっていると、通りがかりの人が、とりもちで捕えて飼うとよかったのに、と慰め顔にいってくれた。私はそれに曖昧な返事をしながら、四十年まえ私の与える餌を拒んで籠のなかで死んでいた目白のことを、昨日のことのように思い出していたのである。

稚魚の値段

先日、志布志湾に流れこんでいる肝属川の河口を渡った。夜の闇のなかにうかぶ橙色の灯が水面にいくつもゆれていて、しばらくは目を奪われた。夜釣りの灯かと思ったが、それはどうやらしらすうなぎ漁の灯だったらしい。

動物が生まれた地域から他に移動して成長し、ふたたび生まれた場所に帰ってくる習性を、回帰性、帰巣性、あるいは帰巣本能というらしい。人間には胎内記憶というものがあるともいわれる。主に精神分析学で説明されるようだが、実際にそうかと問われても私にはわからない。自分が母胎を通してどのような音をきき、胎内の闇がどのような闇だったかなど、まったく記憶にないからだ。しかし胎教ということもあり、人間には意識されない記憶があるのかも知れない。

人間に回帰性のようなものがあるかどうか、これも私にははっきりしない。たとえば故郷を遠く離れて暮らしている者が、ときにやみがたく望郷の念にとらわれることはあっても、それは本能的な強さにまでは達しない。まして人間はどこの土地へ行っても生活し、出産し、生きて行く能力をもっている。ただ帰巣本能の名残りのようなものは体内のどこかにひきずっているような気もする。

回帰性を如実に表しているのは、鳥類や魚類のようである。

鮭などのように広い海から、産卵のため川をさかのぼってくるものや、うなぎのように海で生まれたものが、しらすうなぎとなって、季節になると河口に姿をみせるものがある。

砂のなかでかえった亀の子が、いっせいに海にむかって這い出すさまをみながら、私は彼らのなかに働いている力に息をのんでいたことがある。たまには山にむかって這い出す子亀がいてもいいように思うが、彼らはじつに正確に海をめざして動き出すのである。ヒレのような四肢で砂をかいて、波打際へむかって這いすすんで行くさまは、驚異というより、神々しいまでのものを私に感じさせる。この亀たちもまた海で成長し、いつかは砂浜へ帰ってきて産卵する。

川で生まれて、ふたたび川へ帰ってくる鮭の姿は、もっと壮烈なものを感じさせる。産卵のため川をのぼりのぼって、自己の産卵場所をみつけた時の鮭は、ヒレも尾も千切れ、鱗もはがれて、息絶えだえのようにみえる。それでも彼らは雄と雌が協力して、最後の力をふりしぼって産卵を終わる。やがて雄も雌も力尽きて死ぬのだ。

私はこれらをテレビの映像を通して視ただけだが、産卵後死に絶える鮭の姿には、まさに壮烈という言葉がふさわしいようにさえ思えた。川をのぼって行く鮭たちの躍動には、ひたすら死へつきすすんで行くものの美を感じる。老い衰え痴呆症状を呈しながら、あれやこれやの問題をひき起こし、あるいはそういうものを背負って死んで行く人間の老境に較べて、優美な生の終わりだと思う。

肝属川河口でのしらすうなぎ漁は、十二月から三月にかけての、この地方の風物詩となっているという。深海で生まれたしらすうなぎは、体長四、五センチの体をくねらせて、闇のなかの河口にたどりつき、水の流れにさからって川をのぼりはじめるのだ。どうして箸ほどの太さもないうなぎの稚魚が、海にそそいでいる川をみつけてやってくるのか、不思議でならない。南太平洋の遙か何千キロの彼方からやってくるのかも知れないのだ。波にもまれ潮流に流され、それでも季節を違えることなく、彼らは河口にたどりつく。一途に彼らをつき動かし駆りたてるものが何なのかを私たちは車のなかで語り合った。回帰性をつかさどっているものは嗅覚なのか視覚なのか、人間にははかり知れない超能力のようなものが潜んでいるのか、それとも彼らは胎内に卵として在る時、母胎のなかで何かを記憶していたのか、と私の想像ははてしなかった。

途中で立ちよった寿司屋の主人もしらす漁に出ているという話だったが、いまこのしらすうなぎが一匹三十円ほどだといっていた。

小面残像

能面には翁面、尉面《じょうめん》、神体面、武将面、女面、男面、異形面などがあり、なかでももっとも必要度が高く、佳品とされるのが、女面だといわれる。能楽の女面は象徴美の代表とされている。

女面のなかでも年と情念を象徴して、小面の孫次郎《まごじろう》、増《ぞう》。中年女では浅井《あさい》、曲見《しゃくみ》。老年では老女、小町。老媼《ろうおう》の姥《うば》。幽霊としての痩女《やせおんな》、霊女《りようのおんな》。鬼女怨念に泥眼《でいがん》などがあるという。そのなかに若女があり、小面などとともに、ろうたけた清純な女性の代表的な面《おもて》だと、平凡社発行の『日本百科大事典』では説明されている。

小面とはこれも辞典によれば、処女と童女とが融合した可憐な美しさを表した面とされている。能面では人間の表情が象徴化され、喜怒哀楽のいずれにも片よらない表情が刻まれているというから、逆にいえば、いくつもの表情をもっているということでもあろう。

能にまったく関心のない者には、能面といわれて思いうかべることが出来るのは、翁面か小面くらいのものにちがいない。私もまたそうした者の一人である。

十数年もまえのことになるが、熊本に遊びに行った折、友人にノミの市に案内してもらったことがある。その頃私は古い陶器の収集に熱心になっていたので、すすめられるままに掘り出し物でもあればという気持ちで出かけた。

場所は熊本市街の上通りか下通りか、そこらあたりであったろうと思う。車をおりてアーケードの下へはいると、両側を商店にはさまれた通りの中央で市はひらかれていた。さまざまな品物が通りを埋めつくし、アーケードの下は客と通行人でごったがえしていた。法被を着た男と女と垂れた幟が天井の光にぼんやりとうかび、ビニールシートや赤い布をかけた台には、猥雑に古物が並べられていた。有田焼の大壺が光を反射している陰には茶碗、大小の壺、皿、古銭、真鍮の煙管、鉄瓶、飾り刀、掛軸、硯などがあり、台の下には日常雑器の壺や手火鉢が余分なもののように置かれ、ダンボールや新聞紙や紐などが剥き出しで目についた。

私は友人と冷やかし半分に品物をみてまわった。目をひく古物は近寄ってみたが、奇妙にどの店も同じようなものを並べていて、しだいに私の心を味気なくした。勿論心をそそるものがないわけではなかったが、怪しげな古物もあり、それに旅先でもとめるには大きすぎたり、値が張りすぎたりした。

ぶらぶらと一時間もみて歩いただろうか。私はふと小面をみつけた。十手や煙管や黒い鉄瓶などを並べたなかに小面は汚れのない白をしていた。心もちひらき加減の赤い唇、鼻は肉厚で円く、切れ長の目は細い眦《まなじり》を一直線にひかれている。手にとってみると鑿で打ったものであった。

私はたったひとつみつけたその小面に強く心をひかれた。それまで能など観たこともなく、たまにテレビで視ることはあってもすぐ見飽きてしまうのに、手にした小面をひどくほしいと思った。ずっと以前からそれをさがしていたような、ノミの市にやってきたのは最初からそれが目的だったような、そんな心境になっていたのである。

だが、店主の老人に値を訊くと、やはり旅先で買いもとめるには無理な額であった。私は逡巡した。金は友人に借りてもいいが、果してそれだけの値打ちがあるものだろうかという迷いが兆していたのだ。小面は新しく打たれたものであった。

横目でみながら私は小面を台の上にもどし、その場を離れた。友人にそのことを話すと彼も手にとってみて、ほしければ買ったらどうだ、といった。しかしその時は、夜のノミの市で買ったものが、家にもち帰ってしらじらしい面に変わってしまわぬともかぎらない、家に帰れば熊本で小面をほしいと思ったことなど忘れてしまうだろうと安易に考えたのだった。私は未練を残しながらも友人と夜の街のなかへ向きを変えた。

ところがどうしたことか、熊本で買わなかった小面がその後しばしば脳裏にうかんでくるようになった。それは十数年を経た今日でも写し絵のように鮮明にうかんで私を悔いの思いにするのである。

近頃ある人にその話をしたところ、家に小面があるのでもってきてやろうといって、早速とどけてもらった。わずかにひらき加減の口、まるい鼻、切れ長の目、くりぬかれた眸、削り落とされた眉、ふくよかな頬と顎。掛け物としての小面はいま私の室の壁にかかって、静謐を保っている。それをみながら私は、熊本のノミの市でみて以来、なぜに自分はしばしば小面の残像を己れのなかにみるようになったのだろうか、それは処女と童女の融合した可憐な美への憧憬によるのか、若女のろうたけた清純さへの惑いに似たものか、と考えるようになった。あるいは喜怒哀楽どちらにも片よらない能面の表情のなかに、そのときどきの自分の情念の様をみようとしているようにも思われた。

最近私は壁にかかった小面をみながら、ムンクの「叫び」を重ねてみていることがある。両手で耳をおさえ、はりさけんばかりに口をひらいた顔を小面の表情に重ねてみる時、ひどく人間的な顔が私のなかに立ち現れてくるのである。それは私の心の深奥の情念によるものかも知れぬ。

ふるさとへ

長崎は私のふるさとである。その長崎へ近頃帰る予定をしている。

長崎は早くから外国に港を開いた町であり、異国情緒に富んだ観光の市としてテレビにもよく映し出されている。そんな時、私は自分のうまれた町や知人やが画面に現れないかと息をひそめて見入っている。そして画面から映像が消えるとふっと溜息をもらして、テレビに目をこらしていた時の自分は、鉄格子ごしに外をみている人のそれに似ていただろうかと、小さな反省をしていたりする。帰ってみれば故郷とはそんなにいいものでもないのにと、室生犀星の詩などを思いながらの私の呟きであるのだが。

私の家は長崎の市街を見おろせる高台にあった。眼鏡橋の近くの鉄筋コンクリート三階の建物が小学校である。

私は小学五年の二学期までこの学校に通った。ごく普通の、頭をくりくり坊主に刈った、かくれんぼや陣取りやメンコやビー玉遊びの好きな、そうかといって悪童というのでもない、勉強も学校で授業をうける時以外、家に帰って復習などやったこともない少年だった。

学校の工作室で上映された映画「風の又三郎」に異様な興奮をおぼえたかと思うと、戦争映画を観につれて行かれたあとは、将来陸軍に進むか海軍にするか、少年戦車兵か航空兵かと真剣に考えたりしていた。

最近よくそう呼ばれるようになったハンセン病の診断をうけたのが小学五年、昭和十八年の秋である。病気といえば風邪か腹痛ぐらいしか知らなかった私は、嘆き悲しむ両親や兄姉たちの気持ちをよそに、病気だったらどこかに治す薬があるだろうと単純に考えていたのだが、翌日から私の生活は一変した。学校に行くことはとめられ、目白捕りや凧《はた》揚げや映画観にと、したい放題の生活が許された。教育にきびしかった父が、私が映画観に行きたいといえば早く行ってこいと金をくれ、その金で私は「姿三四郎」を観、戦争映画や時代劇やスパイ物に目をうばわれ、エノケンの喜劇に笑い、映画館の暗いなかでスクリーンに映る女優の美貌に幼い胸をときめかしていた。ときにはもぎりの女が、学校にも行かず映画ばかり観にくる小学生の私に、奇妙な拒みの目を向けることがあった。

父や母が私のするがままの生活を見のがしてくれたのは、遠からず私が不治の病で悲惨な死を迎える運命であり、いくばくか余分に生きたとしてもそれは決して仕合せとはいえないいのちだと思っていたからである。

熊本の療養所にはいったのは十年後、二十歳の年であった。不治とされていた病気に特効薬が発見されたという興奮が、療養所のなかにまだ余韻をのこしている頃だった。

私が文学に親しみはじめたのはこの療養所でだった。病菌は薬によって死滅させることが出来るが、それまでの病気の進行過程で体に生じた障害は再びもとにはもどらないという新たな絶望に私は遭遇させられた。小学五年の中途までの学業しかうけていない私が、吉田絃二郎やゲーテや太宰治を読み、感情をたかぶらしたのは、あるいは気どりだったのかも知れない。初めて原稿らしいものを書いたのは「菊地野文学」にのせてもらった「黄金虫」というエッセイである。

熊本に十年いて、鹿屋に移ってから二十四年がすぎた。鹿屋で暮らした年月は、私が長崎で暮らした年月をこえ、鹿屋は私の終焉《しゅうえん》の地になる気さえしている。

それでも私は近く里帰りをする。幼い頃の足あとをたどってみたい旅でもある。不治の病で悲惨な人生を終わると思われた私は、病気になってからすでに四十余年を生き、私の未来を思いわずらった父や母が先に他界し、兄の三人も死没してしまっているふるさとへ帰るのである。

いままでの年月を生きたということがどのような意味をもつのか私自身にもわからないのだが、それはそれとして、私は今日をいとおしみながら生きており、そこから発する思いとして、故郷を恋しむのである。

体の位置と認識

近所にSという人がいる。ときどき路上で出会うことがあって、「Sさん、おはよう」と声をかけると、「おはよう、風見さん。きょうは顔色がいいな」と挨拶を返される。「Sさんにそういわれては、俺も参るよ」と私はいつも笑いながらこたえる。立ちどまって私へ顔を向けているSさんは、片手に白杖をもった盲人なのだ。

Sさんは健康維持のため毎日数キロ歩くことを日課にしている。雨の日には合羽を着て歩いている。足どりは晴眼者でも追いつけないくらい早い。そんな彼をみていると、Sさんはもうひとつ別に目をかくしもっているのではないかと思ったりする。

ピーター・ブリューゲルの絵に私はひかれているが、この画家の絵には盲人を主題に描いた「盲人の寓話」というのがある。盲人が盲人の道案内をするというモチーフのなかで、人間の盲目性をついているといわれるが、ブリューゲルの絵には盲人だけだけではなく、狂女、骸骨、売春婦、下肢障害者（実はハンセン病患者とも聖アントニウス病患者ともいわれる）、得体の知れない怪物や、強欲や野卑や邪淫までが描かれている。現代でアウトローに位置づけられるこれらの人々が、いわゆる健常者と呼ばれる範囲の人と一緒に画面に登場していて、なんの異和感も感じさせないのだ。

障害者や骸骨や狂女を描いて絵になることが、私には長いこと不思議であったが、手足の奇型は社会にとけこめるが、顔の奇型はとけこみにくいといわれるから、不思議に思う必要はなかったのかも知れない。昨年の暮だったか、「エレファント・マン」という映画をテレビで放映していた。前頭部が異様に突出し顔の歪んだ主人公の、その顔ゆえに人間の埒外におかれる悲惨を描いたものだ。私も一度視ただけなので正確に記憶してはいないが、あの顔で普通の人間の心をもっていたら、生きづらいだろう、というような台詞が語られていた。私はこれをきいた時、冷たいものが背すじを流れるような思いに陥った。人間に顔に見合った精神がないとすれば、それは充分悲劇といえる。

ハンセン病の発病から四十年余りがすぎた。ハンセン病といえば悲惨な人生の象徴のようなものであったし、病気が治る現代になっても、やはりそういう気配があるにちがいない。

こんど九州芸術祭文学賞最優秀作として選ばれた作品「鼻の周辺」は、ハンセン病の進行過程で生じた鼻の損傷を手術によって復元しようとする主人公を軸としている。私はこのなかで人間にとっての鼻の意味と、ひろく復元することの意味をも問うたつもりであるが、それは私がハンセン病を経験したことによってはじめて作品化出来たものといえる。

鼻、それは顔の中心に隆起し、嗅覚をもち呼吸をつかさどる器官として存在している。ときに鼻づまりで息ぐるしさを覚えたりする以外は、美醜にかかわることとして、高いか低いかが評価されるくらいである。だが、これがひとたび欠損したり陥没したりすると、単に息ぐるしさを覚えるとか、眼鏡のささえがなくなるということではすまされなくなる。当人の人生ばかりか周囲の者の人生まで狂わせる力をもつのである。顔の造作のなかの一部分ではあるが、それがたとえば二、三ミリあるいは数ミリの変化によって顔の所有者を軸とした人間の運命が変わるというのだから、人間の体はよく出来ているといえばいえるし、頼りないといえばまことに頼りない。

人は立場によって異なってみえる世界をもつことが出来る。立場が変化したことを理由に、昨日まで宝のように大事に思われていたものが、索漠とした風景に変わったり、また逆になったりする。健常者と障害者の立場もそうである。この世界には健常者にはみえない事柄が、障害者にはみえているという場合があるはずだ。強者と弱者と仮りに人間を区分してみるとすれば、強者がいい加減に生きられる時も、弱者にはそうはいかない現実がある。強者がいい加減でいられる分だけ、弱者は厳しい現実としばしば対置させられる。

この世界には人間に正確に認識されていない未知の部分がまだある。心に見合った肉体が与えられなかったとすれば、まだ認識されない亀裂の底にかくれているものを見究めさせるために、自然がうみ落したものと考えるのはあまりに独断にすぎるか。

私に「顔色がいいな」と挨拶を返すSさんは、もしかしたらポケットに別の目を入れているのではないかと疑ったりすることがある。ただ私はそう思うだけで、彼がかくしもっているかも知れない目を手にとってたしかめることは、おそらく永遠に出来ないのだ。

心棲む季

櫻島

鹿児島の象徴的存在として、櫻島がある。櫻島をとりのぞいた鹿児島を想像すると、そこには淋しい風景しかひろがらない。

櫻島の名をいつ誰がいいはじめたのか知らない。昔は島に櫻がいっぱいあったのだろうかと、他愛のないことを考えてみたりする。過去、どれほど多くの画家、小説家、詩人、歌人たちが、この櫻島に思いを託したことだろう。いまもその挑戦はつづけられている。昨年は鹿児島在住の作家五代夏夫氏によって、古今の画家たちのとらえた櫻島が「櫻島の顔」と題する八十回に及ぶ新聞の連載で紹介され、詩人では杢田瑛二氏の櫻島を主題とした詩集『火の山　炎炎』の仕事があった。画家たちの作品はもっと多くあったにちがいない。それほど櫻島は魅力的であり謎につつまれているといっていい。

私は鹿屋に住んで二十六年になる。初めて櫻島の溶岩道を車で通った時、車窓を流れる溶岩原の重畳としたひろがりに息をのんだ記憶は、いまも鮮明である。油絵を習いはじめた頃、城山の展望所の下の藪にひそんで、櫻島を一日スケッチしていたこともある。島をわがものにしようとする不届きな魂胆からである。だが、その日一日かぎりで、私は櫻島を描くことを諦めた。自分の貧相な能力では櫻島を画布に写しとることなどとうてい出来る業ではないと悟ったからである。

それからの私はただ櫻島に畏敬の念をもち、その優美で端麗な姿に神秘すら感じて過ごした。どれほどの回数溶岩道路を通り、垂水航路のフェリーから櫻島を眺めたか知れなかったが、櫻島に対する気持ちは変わらなかった。そして私は、自分は櫻島を知っていると思うようになっていた。

最近私は鹿児島市からの帰りに、友人の車で、湯之平展望所を訪れた。熊本の知人を案内することが主な理由ではあったが、私がいまだのぼったことがないといったこともあって、友人は車を向けてくれた。

雑木林のなかの細い道をのぼって行くと、櫻島の山肌が樹々の間にまもなくみえるようになる。褐色の肌と黒い襞はみなれた山頂近くの景色で、それが眼前に追ってきたという、それだけの変化だった。それは私がのぼってくるまえに想像出来た光景であり、私の想像を断ち切る情景は現出しなかった。

だが友人の車が展望所に駐車して、車からおりた時、私は自分のなかに在った櫻島が一瞬にして変容するのをみたのである。いままで山肌は山頂から一直線に山麓まですべりおりているものとばかり思っていた私の目のまえに、北岳は異様に峻険な姿で屹立していたのである。それは、黒い襞をおりたたんだ粗暴な巨人を思わせるものであった。

展望所から車は赤水のほうへおりた。私は車の進行に身をまかせながら、自分はいままで櫻島について、いったい何を知っていたのだろうという、苦い思いにとざされていた。同時にまた、粗暴な巨人への畏敬の念が、そこから新たにひろがりはじめていたのでもある。

じょうびたき

年が明けると私の庭には毎年のように、山の小鳥たちがやってくる。この時期には庭のピラカンサの枝に緋紅色の実が鈴なりになるので、鳥たちはそれをねらってくるのだ。

庭で鳥の声がすると、私は縁側に出て、サッシの戸のガラスごしに、小鳥たちが実をついばんでいる姿をみて楽しむ。鳥の種類は、ひよ、つぐみ、目白、じょうびたきなどである。ひよ、つぐみ、目白は群れでくるか、つがいで現れるが、じょうびたきは一羽でやってくる。雄は喉のあたりの毛が黒く、胸から尾へかけて美しい栗毛色で、翼に純白の紋様があるのが特徴である。俗にもんつき鳥ともバカッチョとも呼ばれている。事典を調べるとじょうびたきはつぐみ科の鳥で、東部シベリア、中国、朝鮮で繁殖し、十月下旬頃に日本に渡ってくるのだという。木の実や昆虫を食べて日本で越冬し、四月頃ふたたび繁殖地へ帰って行く。

このじょうびたきがきて一週間すると、霜がおりるといういい伝えがある。そのように律儀にこの鳥はやってくる。そして枯枝にとまったり、地面におりたりしてヒーカッカ、ヒーカッカと尾をふって鳴いている。よく観察してみるとこの鳥は枝から枝へ移って木の実を食べるのではなく、地面からとびあがって実をついばみ、また地面におりる動作をくり返す。そしてピラカンサの実をついばむ時は、たいてい三、四回そうした動作をすると、他の場所へ移動し、米つきばったのように体をふって、ヒーカッカ、ヒーカッカと鳴いている。

この冬もじょうびたきは私の庭にやってきている。相変わらず胸毛の美しい雄の一羽である。私は先日一年ぶりにやってきた彼の姿をみながら、ここ四、五年律儀に姿をみせているこの鳥は、最初の一羽なのだろうか、と思ってしまった。これまで私は一度もそんなことを想像したこともない。じょうびたきはたまたま私の庭に舞いおりてきたにすぎないと思いこんでいたからである。

だが、彼が東部シベリアや、中国、朝鮮からわざわざ私の庭をめざして毎年やってきているのだとしたら、それは途方もないことのように思われる。人の掌にすっぽりはいってしまいそうな小さな体で、それも一羽で飛んでくる距離とその孤独はどんなものだろう、地球上の、針でつついたほどもない土地をさがしあてる能力はどこにかくされているのだろう、と私は考え、そして遂には考えあぐねてしまった。

私のそんな思いなど素知らぬふうに、きょうもじょうびだきは陽当たりのいい石の上で、ヒーカッカ、ヒーカッカと鳴いている。

焼き物余話

以前一個の焼き物を動機にして、小説を書いたことがある。焼き物の話をするときりがないが、古い焼き物さがしに夢中になっていた頃がある。薩摩焼の古いものなら、少しぐらい口縁が欠けていようと、ひびがはいっていようと、なんでもいいという熱中ぶりであった。当時は古美術店の看板ばかりが目につき、農家の庭先にころがっている壺などをみると目が釘づけになった。

それでも古陶さがしは金と相談の上なので、私の手もとには、ほとんど瑕ものしか集まらなかったといってよい。

薩摩焼には白薩摩、黒薩摩があり、黒薩摩は長い間庶民の日常雑器として使われてきた歴史がある。私はなぜか黒薩摩が好きであるが、古陶さがしをするいっぽうでは、新しい焼き物にも関心があって、九州各県の主な窯場のほとんどはこれまでに訪ねてみた。

古美術店は旅行ついでか、たまたまドライブの途中で看板をみつけてのぞくことが多かった。

近くでは垂水・高山・都城などと、何度も訪れたが、いまはこれらの店もほとんどが店仕舞いしたり別の店になっている。

数多く集めた焼き物のなかでも、自分で悦に入って眺めるものは二、三個しかない。ひとつは黒薩摩で、もうひとつは白薩摩の酒器で、これは二個一対のものである。肩のあたりに注ぎ口がついていて、注ぎ口の下に「ベン一」と不格好に印がはいっている。「ベン」は島津義弘によって拉致されてきた陶工のなかの姓であるから、おそらくその末裔にかかわる名にちがいない。

黒薩摩の甘酒半胴は菊花と唐草を貼りつけ紋としてあしらったものである。黒薩摩のなかでは甘酒半胴がもっとも力強さと量感にあふれている。私のもっている甘酒半胴には底部に貝目があるので一七〇〇年前後のものだろう。

いまはたしか書店に変わっているように思うが、数年前までは都城市役所近くの国道ぞいに、一軒の古美術商が店をひらいていた。偶然にその店をのぞいた時、私は、土間にすえられて埃をかむっている甘酒半胴を、多くの古陶のなかにみつけたのである。それまでなんとか一個だけはほしいと思っていただけに、私はそれをみた途端に気持ちが高ぶり、奥から出てきた店の女主人に値段をきいた。女主人は私に二の足を踏ませるほどの価格をいった。それでもこの機会をのがしたら再度チャンスに恵まれぬかも知れぬと思い、連れの友人に借金をして買いもとめたのである。胴はひび割れして、抱きかかえるといまにも崩れそうに、がさがさと音のする品物であった。

都城から用心しながらもち帰った甘酒半胴は、いまもどっしりと私の生活のなかに腰をすえている。ちょうど十一年まえ「文学界」に転載された小説「不毛台地」は、都城で買ったこの甘酒半胴から発想されたものである。買う時はこれで小説を書こうなどとは考えもしなかったのに、力強い甘酒半胴のふくらみに骨盤の張った女の腰の線が重なるのをみたのだ。私はそこに秘められたいのちの充実をみたのである。

オノリラ

オノリラとは玉山宮神舞歌の一節である。

私の知るかぎりでは玉山宮と呼ばれる神社は、鹿児島県に三社建立されている。祭神は朝鮮開国の祖とされる檀君といわれる。

玉山宮の創建は慶長の役にまでさかのぼる。当時、豊臣秀吉の朝鮮侵略に参戦した島津義弘は、朝鮮引き揚げの際に、多くの朝鮮人陶工を拉致してきた。この時の陶工たちは男女合わせて七十余名。最終的に彼らはいまの東市来町美山（旧苗代川）で集団生活をさせられることになり、ここで異郷での陶業に従事することを余儀なくされた。

苗代川で陶器づくりにいそしむようになってからも、彼らの悲しみや望郷の思いはうすらぐことはなかった。彼らは時をみつけては裏の小高い山にのぼり、東シナ海の方角をむいては故郷や家族を思って、身をひきしぼって号泣したといわれる。

こうした陶工たちの心の慰めとして創建されたのが玉山宮であった。

玉山宮はいまも苗代川の丘陵性の山のうえに静寂につつまれて建っている。集落から陶工たちの墓が並ぶ斜面をのぼりつめると、おだやかに茶畠がひろがり、目のまえにこんもりとした山がみえる。私が初めて玉山宮を訪れた時の参道は、赤土がむき出しとなった細い道で、頭上には雑木が繁り、熟れた山桃の実が木もれ陽のなかに落ちていた。

山頂に鋭い軒端をみせている社殿は、日本の神社の様式そのままに造られている。拝殿は板張りの床で、陶工たちはここで故郷をしのんでオノリラを歌い、舞いを舞ったにちがいない。いまではオノリラを奉納する儀式もすたれ、曲も忘れ去られて、残っているのは歌詞だけだといわれる。オノリラは一六〇〇年頃、玄琴《コムンゴ》の名人梁徳寿が南原《ナモン》で初めて採譜したもので、それ以前にこの歌は陶工たちとともに日本に渡っていたのである。もともとは「鶴亀の舞」といって、鶴と亀とにわかれ輪をつくって舞う舞歌で、オノリラとは今日の日といった意味である。

この忘れ去られたオノリラの曲をさがし、それを故郷南原へ返そうという試みを追ったドキュメントを、あるテレビ局が放映した。そのなかですでに消え去ったと思われていた曲の一部を憶えている媼が苗代川にいて、媼は、「オノリラ　オノリラ　ナルヌンチョイムル」と手ぶりをそえて画面のなかで歌っていた。

そして昨年、媼の記憶していた曲の一部をもとに作曲された「オノリラ」が南原で披露された。それは哀切の旋律をたたえた悲しみにみちた歌であった。

オノリラ　オノリラ
私はいつ帰るのだろう
オノリラ　オノリラ
私はどうすればいいんだ
いつ帰るのか我が故郷を
訪ねていつ帰るのだろう
毎日　毎日我が故郷
いとしい　いとしい

慶長の役から四〇〇年を経たいま、故郷恋しさに身をもんで泣いた陶工たちを思って、チョー・ヨンピルが歌ったオノリラである。

たばこ

人間がたばこの葉をくすぶらして煙を吸うようになったのが、いつの頃か、正確なところは知らない。有史以前から儀式や病気の治療に用いられていたとも伝えられ、コロンブスがアメリカ大陸を発見した時、先住民から贈られたのが、今日のたばこのはじまりともいわれるが、それより遠く、畠に種子をまいて収獲を得るようになった頃から、人間はたばこを吸うことを覚えたと、なにかの本で読んだような気もする。

私がいたずらでたばこを口にしたのは、十三歳の頃である。こんなことを告白するのは教育上よろしくないだろうが、目白捕りに山に行っては焚火をし、父のものをくすねてもち出しては、おそるおそる口にし、めまいと吐き気に襲われては、ちょっと大人になったような誇らしい気分を味わっていた。戦時中のたばこも手に入らない時代のことで、山帰来やよもぎや甘藷の葉をかわかして、大人たちが吸っているのをみて、たばことはそんなにいいものかと好奇心をつのらしたのが原因である。

本格的に吸いはじめたのは二十二、三の時だった。それから約二十八年、何度かやめようとしながらやめきれずにすごした。ヘビー・スモーカーではなかったが、一日として吸わずにはおられなかった。たばこの煙がもたらす陶酔感もだが、実際は口のなかが苦く、舌の先がヒリヒリしていることが多かったような気がする。

この二十八年吸ったたばこが嘘のようにしてやめられた。母が死んだ年である。母の死に目に会えなかった私は、八十八歳の米寿の祝いのあとに死んだ母を、いい死期だったかも知れないと思いながら、最後の別れが出来なかったつらさにたえられず、焼酎をしばらくは朝から飲んだ。そんななかで殊更決心をするほどのこともなくたばこをやめていた。

およそ十年近く煙を吸わずにすごした。煙を吸ってこころよいなどと人間は変な習慣を覚えたものだと思っていた。ところがである。去年、義弟が急逝し、その臨終にたち会った時から、私の喫煙は再燃してしまった。急病の報せでその日のうちに熊本へ行ったが、彼が息をひきとるまでの三日間の、その時間の頼りなさにたえられず、友人の吸っているたばこに手を出したのが致命傷である。最初はひと口ふた口吸ってすてた。翌日また手を出し、一本が二本となった。やめればいつでもやめられると、過去にやめた経験から思っていた。

それからやがて半年。たばこを買ってきてはこれを吸い終わったらやめようと心にきめ、袋が空になると、たばこを吸う楽しみぐらいいいではないかと妥協し、行きつもどりつしているうち、量は増えるばかり、俺はなんと意志薄弱な人間かと、こんどは自己嫌悪に陥る始末である。

たばことはなんと不思議な煙。やがて自分のいのちも煙とともに天空の彼方へ消え去ることを思いながら、この頃はなにか、当分は成り行きにまかせてみようかという気持ちになったりしている。

藤

建物の西側に藤棚がある。先住者が転居の際に掘りとって行った跡の根から、芽を出した藤である。

建物の西は板を横に打ちつけた板壁で、夏の西陽はこの壁に強烈に照りつけて、室温をあげる。私が住むようになった最初の年はへちまを這わせて陽除けにしたが、へちまは毎年種をまいて育てねばならないし、偶然に芽をのばした藤をみつけて、これならいいと考えたのである。

「藤は木により、人は君による」といわれるが、藤の伸長はまことに旺盛である。初めての花をつけたのはたしか三、四年目頃だったような気がする。そして十年をこえたいまでは数百もの花房がさがって、色と香りと蜜蜂もまじっての饗宴である。

近頃では園芸用のシロバナフジ、ヤエフジ、アケボノフジ、クジャクフジといった品種があるようだが、私の藤棚のものは山野に自生しているもののようである。花は洋蘭に似た形をしていて、淡い紫色がなんともはかなく高貴である。園芸用に改良されたものにくらべて葉の出方が多少早いようにも思われるが、黄緑色の葉陰にゆれる花の色は逆にまた美しい。香りも筆舌に尽くしがたい。なんとか香りを文章に出来ぬものかと花によってみるが、言葉を思いつくまえに私はすぐ恍惚の境地に誘いこまれ、酔ってしまう。数年前、大分県の天ヶ瀬町から飯田高原へのぼったことがあったが、新緑の雑木の陰の藤の花をみて、遠く近くにうぐいすの声をききながら、旅の興趣もここに尽きるかと思ったほどである。

花の季節はかように私を酔わせる藤も、花が終わるとなかなか厄介なものでもある。それは旺盛な生命力である。一年に何度かはのびつづける蔓を切りつめないと、ありとあらゆるものに巻きついて板壁のわずかな隙間から侵入した蔓は、ときに数メートルもその先端を建物のなかでのばしている。毎年夏の終わりへかけて脚立をたてて私はこの藤蔓との格闘をすることになる。建物には電線や電話線がひきこまれているので、油断しているといつのまにかこれらに巻きついてしまって、始末におえなくなっている。

「いえのそばに植えると、藤は家をひき倒すというから、根から切ってしまったがいいよ」と、脚立にのって剪定をしている私をみて、親切で教えてくれる通行人もいる。そんな時、自分で手入れが出来る時はいいが、それが出来なくなった時はどうなるのだろう、いっそ切りすてしまったほうがいいかも知れぬと、ふっとそう思ったりもする。

それでも今年も花と香りの季節がやってきて、花房は微風に揺れ、蜜蜂が花をブランコにして採蜜に忙しい。そんな風情にみとれながら、この花のひとつひとつが蝶となって飛び立つことがあったら、この世はまさに楽園であろうと思ってしまう。花は蝶にはなれぬ。究極、神は人間に楽園を与えなかったのだろうかと呟いてみる。

虫の謎

庭に一本のピラカンサの木がある。棚作りにして十二年ほどだが、いまでは二坪余りの庭をほとんどおおいかくすまでになった。これが四月なかばに花をつける。直径数ミリくらいの五弁の白花だが、この花がびっしりと枝につく。花の季節がすぎるとまもなく青く小さな実がのぞくようになり、実がほぼ花の大きさほどに成長し、秋に熟れて緋紅色の輝きを呈するようになる。冬には熟した実をめがけてひよ鳥やつぐみや目白がやってくるのだ。

ピラカンサはバラ科の半常緑木だという。枝にかなり鋭い刺があるが、よもやバラ科の植物とは思えない樹の形をしている。

秋に緋紅色に輝く実はその色と数によって見事だが、花の時期も劣らず美しい。緑の葉がほとんどかくれてしまうくらいに小さな花が密集し、盛りあがって咲いている。満開の頃には春の雪をみるようである。通りを歩く人もいちどは足をとめて感嘆の声をあげてくれる。

ところがこの花の季節に、いつどこからやってくるのか、甲虫の一種らしい虫が襲ってくる。

虫を初めてみたのは数年まえのことだが、盛りあがった花が奇妙にゆれているのをいぶかしく思って、私は花によって行った。そしてそこにおびただしい虫の塊りを発見した時は言葉もなかった。この虫はいったいどこからやってきたのだろうと、私は自分に問いながら立ち尽くしていたのである。

甲虫にはちがいないが、これまで私がみたこともない虫である。体長が一センチ五ミリほどで、腹部は黒っぽいが、光の加減で虹色に輝き、翅《はね》は黄色と褐色の亀甲形の斑《まだら》をしていて、黄色がとくに気味わるく毒々しい。それが数百はいるだろう数で、ときには虫同士重なり合うようにしながら、むくむくと動きまわっていた。私はその虫があるいは花の受精を援けているかも知れないと考える余裕もなく、室にとってかえして殺虫剤をもち出し、それをいっせいに噴霧して殺してしまった。虫はまたたくまにぼろぼろと花から落ちて絶命し、地面に落ちた虫の死骸は蟻がせっせと巣へ運んでいた。

その年は虫を殺してすんだが、虫は翌年も同じように襲ってきたのだ。前日には一匹の虫の姿もみかけなかったのに、一夜にして数百の虫が花をおおい尽くしていたのである。私はその不思議に驚嘆し、殺虫剤をかける勇気も失せて、花から花へせわしなく動く虫をみていただけである。蜜を吸っているのか、花びらを食べているのか、しかとしたところはわからなかった。私はこの虫をピラカンサの花以外ではみたことがなかった。虫は花から湧き出すのではないかと私は滑稽なことを思ったほどである。そして三、四日もするとかき消したように虫はいなくなってしまうのだった。

　今年も虫はやってきて、ある朝いっせいに姿を消した。五月なかばのいまではピラカンサの枝に無数の青い実がふくらみはじめているが、虫がどこからやってきてどこへ去って行ったのか、いまも私には謎なのである。

蜘蛛

私は蜘蛛がなぜか嫌いである。そういいきってしまっては蜘蛛に気の毒と思うが、どうしても親近感をもってつき合うことが出来ない。

子供の頃は女郎蜘蛛を捕えてきては、蜘蛛合戦に興じたこともあるから蜘蛛の全部が嫌いともいえないようだ。ただ女郎蜘蛛にしても腕などに這いのぼられると、身ぶるいがしていたから、好き嫌いというより、遊びのほうが先行していたようである。林のなかなどを歩いていて、不意に蜘蛛の巣が顔にはりついたりすると、ギョッとして身をしりぞけてしまうのは、いまも同じである。

私がとくに親しみをもてないのは、森林や人家などに棲みついて、夜になると家の天井や壁に姿を現しているアシダカグモである。体長三センチほどで、肢をひらくと一二、三センチにもなる、日本最大といわれる蜘蛛で、平たく灰褐色をした姿は、人に危害を加えないことはわかっているのに、不気味である。夜になると、どこからともなくしのび足で這い出てきて、天井や壁にはりついてじっと人間の生活を盗み見しているという感じが、どうも私にはいただけない。おまけに人の動きや物音に動じない態度が、嫌いな者にはいっそう困るのだ。八個の目をそなえ長い八本の足をもっているわりには、棒きれでもよほど近づけないと察知しないのだ。しかしひとたび危険を感じると、いままでの図々しさとは逆に、やみくもに逃げまわる。ときには追い出そうとしている人間のほうへ人間のほうへと這ってきたりすると、総毛だって叫び声を上げそうになる。逃げ足の速さは話にならない。そして家具などの裏に身をひそめてしまうが、しばらくするとまた電灯の明りのなかに姿をうかびあがらせているのだ。

昔は天井などにヤモリや蜘蛛がいたことをいまもよく思い出す。ヤモリはもう久しくみたことがないが、アシダカグモは毎年夏になると一匹や二匹家のどこかでみることがある。

どこか魔物めいてみえるこのアシダカグモも、天候の変化には微妙に反応しているようである。天候の変化に敏感なのは自然界に棲む生物にひとしくそなわったものであろうが、台風が接近している夜などに多く現れるのがアシダカグモとゴキブリである。ゴキブリは翅音をたてて部屋のなかで飛翔する。「あぶらむしが飛ぶからおおかぜがくるとばい」、私の親たちはそんな時ひどく不安な目をしていたものだ。ある年私が台風の近づいている夜に泊った民家では、ひと晩に十数匹のアシダカグモが壁や天井に姿を現して、私を身ぶるいさせたことを忘れない。それはもう壮観としかいいようがない有様だった。まわりが孟宗竹や雑木にかこまれているので、それらに棲んでいた蜘蛛がいっせいに人家に避難してきたのだということを、私は樹々に吹き荒れる嵐の音をききながらすぐに知った。そう思った時、私は蜘蛛となにかを共有している自分を思って、初めて眠る気になったのである。翌朝みると家のなかには一匹の蜘蛛もいなかった。

外国には毒蜘蛛を家のなかで何十匹となく飼って、生活を共にしている夫婦もいるという。加治木あたりでは女郎蜘蛛を家の中で養って、合戦にそなえている人のいることも知られている。蜘蛛嫌いのものには、まさかといった感じの趣味だが、どんなに嫌いな虫でも、この世界からまったく姿を消してしまうことがあったら、そのことこそ恐怖であるのだと、この頃の私は自分にいいきかせて、蜘蛛と仲良くなる方法はないものかと考えている。

紫陽花

梅雨の雨にぬれて紫陽花が満開である。濃い紫や赤紫の大きい球状の花が、みずみずしい緑の葉の上に、重たげに咲いている。いかにも梅雨の季節といった感じであるが、今年はなぜかこの花が悲劇の象徴のようにみえて仕方がない。花言葉の移り気は花の咲き初めから終わりへかけて、微妙に変化する色のせいだろうと思われる。学名を直訳すると「水の器」だそうである。私が子供の頃は「幽霊花」といっていた。これも花の色が変化することに由来したのかも知れないが、夜の闇のなかでほのかな明るみを保っている花が、幽霊にみえたとしても、おかしくはない。

私がすぐ思いうかべるのは、枯れた紫陽花の花である。十年余りまえ薩摩焼に興味をもっていた私は、東市来町美山の陶郷によく行った。薩摩焼の発祥地であるこの陶郷には古い薩摩焼を集めて展示している苗代川民陶館がある。私設のものだが、ここには雑器といわれる「黒もの」の古陶が納屋を改築したらしい建物のなかに、かなりの数で並べられている。私がみた紫陽花はこの館内においてであった。一個の古陶の花立にさされたままの紫陽花は、乾燥花のように茶色に色がさめて、窓からはいる冬の陽をうけて、梅雨の頃の印象とは異なった、寂寥の雰囲気を漂わしていたのである。

大隅半島で紫陽花が有名なのは、大隅湖周辺のものだろう。大根占から田代町へ通じる道路ぞいに植えられた紫陽花もひと頃話題になっていたが、その数や湖周辺の風情から、大隅湖の紫陽花にお株を奪われた感じになったのはやむを得ない。

紫陽花はまた私の生まれ故郷の長崎市の花ともされている。私が子供の頃凧揚げに興じ、戦争中は学校菜園づくりに素足で堆肥運びをさせられたところが、いまは公園となり、紫陽花が植えられているそうである。いまだ私は訪れる機会をもたないが、長崎市街を一望出来る公園に咲く紫陽花は、湖周辺に咲く紫陽花とはまた異なった風情なのかも知れない。

今年はこの紫陽花が咲きはじめる季節に、天安門での学生や労働者による民主化運動と、中国共産党指導部の軍隊を使っての弾圧の嵐が吹きまくった。天安門広場に集まった学生や市民の姿は、小さな花が集まって花序を成す紫陽花に似ていた。そしてこのデモの群集にひとたび軍隊の銃口が火を吹くと、天安門広場は踏みにじられた紫陽花の花のように悲惨な状況と化した。私は息をころしてそれらをテレビの映像で視ていた。

数日後、学生運動を指導したということで失脚が噂された総書記は趙紫陽という名である。

紫は正義と威厳のシンボルといわれるが、この紫を冠した紫陽花が今年は悲劇的にみえたのは、故のないことではなかったようである。

父

太宰治は「桜桃」のなかで父親のふかい孤独と悲哀を書いている。

年をとるに従って父を思うことが多くなった。ひょいとした拍子に自分をかえりみて、たしか父にもこんなところがあったと思う。

父が死んでから四十年になる。生きていれば百一歳になっているはずである。遠い昔に父は死んだ。

父は八人の子供をもうけた。男五人に女三人である。太平洋戦争中に産めよ殖やせよの時代であったから、貧乏もいとわず、子供に夢をたくして頑張ったのだろう。私は五人の兄弟の末に、それもすぐ上の兄とは八歳も年をへだててうまれたので、もの心ついた頃には父は五十歳であった。

父といえば働き者、教育に厳しく、無口で、酒を飲むと癖のわるい、といったそうした思いが私の脳裏にはすぐうかんでくる。多くの子供をかかえて荒れた畠を毎日耕していた父は、朝早くから夕方遅くまで野良にいた。そうした一面子供の教育には非情なほど厳格で、成績のわるい通知表でももってかえろうものなら、目のまえで破きすてられた。たばこは吸わなかったが、酒はかなりの量を飲んでいた。コップに注いだ焼酎はたいていひと息に飲みほし、飲み終わると、ふーっと溜息のような息を吐き出していた。気に入らぬことがあると酔って母や子供に当たり散らした。そういう時は尋常ではなかった。

子供にとっては父は横暴で恐い存在だった。私は若い時の父を知らぬので比較的父の厳しさを知らずにすんだが、それでも父は恐かった。ときには酔って私に頬ずりしてくれたりすることもあったが、酒の匂いがして髯がチクチクと痛かった。畠仕事ばかりしている父の手は夏も冬も荒れて固かった。子供の私には父が背負っている貧乏のくるしみなど理解出来ようはずもなかったから、酔って暴れたりする父をみると、ひどく憎いとさえ思ったものだ。

このような父だったが、思い出すと心が悲しさでみたされることがある。まだ私が小学校へあがるまえのことだったが、昼間は遊びに夢中になっていた私は、夜になってとつぜん足の痛みにおそわれ、泣き叫んで痛みを訴えた。私の太股にはいまも傷痕がのこっているのだが、その時、私は手術をうけて長い間病院通いをした。

私の家から病院までは幣振坂《へいふりざか》という二百段ほどもある石段の坂を下りて行かねばならなかった。帰りにはまたその石段を一段ずつ数えてのぼった。私を背負って父は毎日毎日その石段の坂をのぼり下りして病院へ連れて行った。そして普段厳しく荒々しかった父が、病院からの帰りには必ずキャラメルの一箱を買ってくれたのである。父の頑丈な背に負われて、ときには父の汗臭い体臭を感じながら、それでも私は安心して父の背にいたようである。

父は私を背負って「ヨイショウ、ヨイショウ」と掛声していつも石段をのぼった。その時の語尾を長くひいた父の声が、やさしさや人生の重さを感じさせて、いまも私の耳に流れることがある。

母

母は八十八歳の春に死んだ。子供たちに米寿の祝いをしてもらったあとに死んだ。

母はどうしてか通俗になりがちのようである。「瞼の母」やら演歌の「花街の母」やらである。

私の心に母は涙とともによく思いうかぶ。涙もろい性質だったのかも知れぬが、涙をためた母が母の面影としてぴったりする。

私がハンセン病の診断をうけたのは小学五年の時だった。落葉したはぜの木の枝でもずが鳴き、畠には堀りとったあとの甘藷のつるが茶色に枯れて放置されていた季節である。大学病院の二階で検査をうけ、医師に結果を知らされたあと、母はよろめくように壁にすがりついて、声をあげて泣きはじめた。子供の私には医師に告げられた病気がなんなのかまったくわからないから、とつぜん泣き出した母のそばでただおろおろしている以外に、どんなすべもなかった。

そして私のなかで唯一はたらいた智恵は、かあちゃん、帰ろう、かあちゃん、帰ろう、と母をうながすことだけだった。帰りには方向ちがいの電車にのってしまい、終点に着くまで母も私もそのことに気づかなかったのだ。

考えてみると、母は私の病気のために、人生の大半の涙をこぼし尽くしたのかも知れぬ。私が病気になってからは、なにかというとすぐ目に涙をため、目頭に指をあててそれをぬぐっていた。私が神経の痛みにおそわれて布団のなかで泣いていると、腕をなでさすってくれながら、かあちゃんと代われるもんなら、といって泣きつづけた。

熊本の療養所にはいった時、付添ってきたのも母だった。その時、母は病室の私に別れをいわずに帰ってしまっていた。顔をみていては帰れそうにないので、とことづけをしていなくなっていたのである。泣きながら療養所をあとに帰っていく母の姿を思って、私はじっと病室の天井をみつめていた。これから他人ばかりの療養所のなかでどのような生活を経験して生きるのか、わからなかった。

私が療養所にはいるまで一人での旅行などしたことのなかった母が、一年に一回汽車をのりついで面会にやってきた。そして母は年毎に老いて行った。その母を私は療養所の門のまえで見送り、まだ母の姿がみえている間に、私は踵を返した。母が角を曲がってみえなくなるまで見送っている勇気が私にはなかった。

いつだったか母は、去年は帰りの汽車をのりまちがえて途方もないところまで行っていた、と語った。かあちゃんも年だから、とぽつりとつけ加えた。その翌年から母は面会にこなくなった。それからは、私が四、五年に一度帰郷した。

鹿屋にきてから私は一度帰郷しただけである。母と最後に会ったのは、妹夫婦が熊本に母を連れてきていた時である。私は熊本で母と会い、母と妹と私は阿蘇の火口までのぼった。すでに痴呆症がすすみかけていた母だったが、杖をついて頑張ってのぼった。それが母の姿の見納めだった。

寝たきりとなり痴呆症もすすんで、兄の手をとるだけとって、櫻の咲き盛る季節に母は死んだ。

「かあちゃんはおうちのところに一度行ってみたかよ」と、私が鹿屋に移ってから電話のむこうでいいつづけていた母だったが、その願いを叶えられることもなく、櫻の季節に死の報せだけを私にとどけてきたのである。

お盆

お盆の季節はいつも暑い。この暑い時期に仏さまはどうして家にもどってこられるのだろうと思ってしまうことがある。宗教的な理由がそこにはあるにちがいないが、私はそれを知らない。しかし寒い季節のお盆を想像すると、いかにも寒々しい感じがするから、お盆はやはり暑い季節に似合うのだろう。

最近では納涼大会ばやりで、お盆行事が影をひそめて行くような気がする。若者たちが都会へ出て行って盆踊りなど準備する力が農村あたりではとくにすくなくなっているのかも知れないし、納涼大会のほうが宗派をこえて参加出来るからかも知れない。

私のうまれた長崎は祭りなどの行事が比較的盛んなところだ。諏訪神社の祭礼である「くんち」と盂蘭盆会の精霊流しは全国的にも有名である。祭りが盛んなのはキリシタン弾圧に関係しているとなにかの本で読んだが、大浦天主堂、浦上天主堂と名の知られた教会がある反面では、それに倍するほどのお寺もあるのだ。

私の子供の頃は新暦の七月十三日から十五日までがお盆であったが、戦後八月のお盆になり、いまも八月におこなわれている。子供にもお盆は楽しみな行事のひとつで、いまもそれは忘れられない。

どこのお盆もそうであろうが、長崎の盂蘭盆も墓掃除からはじまる。草をむしり花筒と線香立てをかえ、燈籠掛けを立てる。そして家では十三日になると精霊菰といって青萱を編んだものを仏壇から垂らし、それに季節の野菜や果物を供物として置き、山帰来の葉をくっつけて蒸した饅頭を供える。軒端には家紋のはいった燈籠をさげ、迎え燈籠とするのである。初盆の家には家紋を入れた燈籠を供えるのがしきたりであった。夜になると家族全員で墓へ出かけ、親戚や隣近所から供えられた燈籠を燈籠掛けに幾十となく吊して火をともし、そこで参詣者に酒や茶菓をふるまい、子供たちは音火矢をあげ、爆竹を鳴らし、花火に興じるのであった。盆の三日間は市街をとり巻く山の斜面はまるで火のすだれをおろしたような情景となる。

このお盆も十五日の精霊舟流しでフィナーレとなった。初盆の家では競い合って精霊舟を作り、若者たちが舟をかつぎ、鉦の音に合わせ掛け声をかけながら港まで運ぶのである。十五日の夜は火と鉦の音と若者たちのドーイ、ドーイという掛声で街全体は熱い喧騒の渦となる。

私の家は分家であったから、私の幼年期には家に仏壇もなかったし、墓も勿論なかった。そこで盂蘭盆会がくると私は毎年伯父の家の墓に行って従兄弟たちと爆竹を鳴らし花火に興じた。

自分の家に仏壇も墓もないということが、お盆がくるたびに私には淋しかった。

私の家に初盆の迎え燈籠がさげられ、墓が出来たのは、長兄が戦死して帰ってきてからである。初盆にはいろいろの供物が祭壇におかれ、座敷には色鮮やかな燈籠が据えられた。私は長兄の死を実感としてとらえることも出来ず、心のどこかではしゃいでさえいた。

「今夜は剛ちゃんが帰ってくるから、早く提灯に火をつけとかんね」と母は私にそう命じた。兄は剛といった。

迎え火を焚くその夜は戦死した兄が帰ってくるというので、父も母も家に閂《かんぬき》もせずに眠りについた。兄が帰ってくるはずもなかったが、父も母も心からつよくそれを信じたかったにちがいないのだ。「剛ちゃんが帰ってくるから、早く提灯に火をつけとかんね」といったあの日の母の声音が、盆がくるたびに私の心によみがえり、人の死について考えさせる。

トコロテン

夏になると月に一、二回食卓にトコロテンがそえられる。合成樹脂の容器にパックされたもので、いささか趣きはないが、パックのふたをとると独特の海草の香りがして食欲をそそる。硝子の容器におつゆを入れ、からしを香辛料にして、あの透明なトコロテンをひたしてすすりあげると、海の香りが体いっぱいにひろがる。季節だなと思う。

八月がやってくると私はトコロテンを思い、トコロテンをまえにすると戦争にまつわる八月を思う。

昭和二十年八月九日は長崎に原爆が投下された日だ。昼近く私は家のなかにいたが、南の上空にかすかな爆音がしはじめたのをききつけて、軒端の陰から空をみあげた。その一瞬、青白い強烈な光が頭のなかいっぱいにひろがった。私は眼前で焼夷弾が爆発したと思い家のなかに逃げこんだ。とたんに家をゆるがして爆風がおそってきたのだった。

最近「黒い雨」という映画が話題になっているが、たしかに黒い雨が降って、雷も発生した。

きのこ雲の下の長崎の街のあちこちで火の手があがりはじめ、街は火の勢いのなすがままに燃えて行った。

八月十五日は日本の無条件降伏の日。まもなく米軍が上陸してきて、無差別の殺戮をするらしいとの噂が流れた。私の家でも親戚の者と話合い、長崎をすてて、両親の故郷である小浜町の叔母のところへ逃げることになった。長崎から五〇キロ余りの距離だった。五歳の子供から上は六十歳の親戚十数名が、着のみ着のままのわらじばきで家をあとにした。日見トンネルをぬけて諫早へ、道路は人であふれ、それらの人がひたすら逃げた。

夜は愛野という駅の貨車のなかで蚊にさされながら眠り、翌日の昼頃叔母の家にたどりついた。

とつぜん十数名もの人間がころがりこんだ叔母の家でどういう食事をしたのか、いまは記憶にない。南瓜のつるをゆでて食べ、子供は玉蜀黍《とうもろこし》の茎を砂糖黍をかじるようにしてかじっていた時代のことだ。叔母の家のまえでは湯煙りだけが勢いよくたちのぼっていた。

そんな叔母の家の一軒上の家に、私の記憶にのこっているトコロテンはあった。薄暗い土間に据えられた桶のなかに、長方形に切られたトコロテンが沈んでいて、母からもらったお金を渡すと、老婆がどんぶりにトコロテンをつき出してくれたのだ。どのようなおつゆの味だったか憶えていないが、たしかおろし生姜がそえられていた。子供たちは夢中でそれを食べた。お金をもって行くとその場で食べるものが買えるということは、夢のようなことだったのだ。

私はここ数年の間に二度小浜町を訪れる機会があって四十年ほどまえ避難した叔母の家をさがしたが、どうしてもさがしあてることが出来なかった。もちろん叔母も、トコロテンを食べさしてくれた老婆も、いまは、この世の人であろうはずもない。

流行歌

流行歌が心に刻んでいる情感は意外と大きい。歌をきくと、ふっとその歌が流行った頃の情景が心にうかんできたりする。懐かしい思いや、胸がしめつけられるような淋しさ悲しさを感じたりする。

先日NHKラジオで、奈良光枝の歌が放送されていた。奈良光枝は昭和十六年に歌手としてデビューし、昭和五十一年に故人となっているから、いまではその歌を知っている人も少ないにちがいない。私が奈良光枝の歌を初めてきいたのは戦後である。戦後の荒廃のなかで彼女の淋しさをふくんだ清純な歌声は、ちょうど十五歳くらいだった私の心に、夢みるような憧れの思いをもたらした。なかでも「悲しき竹笛」（作詞・西條八十）はひどく心に沁みる歌だった。

一人都のたそがれに
思いかなしく

この歌をきくと私の心はいまもどうしようもなくふるえる。それはこの曲のもつ甘く悲しい旋律とともに、早くして逝った幼友達を思い出すからである。

その彼は庁岡広守といって私の同級生だった。彼の家は貧しかったため小学校も四、五年頃になるとほとんど欠席して家の手伝いに追いまわされていた。父親は出稼ぎに出ていて、母親一人の家庭に五人の兄弟がいたが、彼は次男坊だった。もともと勉強が好きなようではなかったが、彼は弟たちの守りから、牛の餌の草刈り、鍬をもっての畠のうねたて、甘藷堀りからご飯炊きと、なんでもやっていた。

そんな彼とちがって私は両親も元気だったから鍬をもって家の手伝いをする必要もなかったが、なぜか庁岡広守とは気が合って、彼の家事の手伝いが暇な時は、一緒によく遊んだ。凧揚げや目白捕りなど、私は彼といつも連れだっていた。

学校に行かないでいたせいか彼は私などよりずっとませていた。鍔《つば》を折った学生帽にワセリンをぬってテカテカに光らせて、不良っぽく斜めにかむったり、目白捕りに行った山のなかで焚火をしてはたばこを吸ったりした。歩く時も肩をそびやかして、気どった格好だった。まだ小学生なのにそんな大人びた格好や仕種をする彼が私にはひどく新鮮だった。軍歌が幅をきかしていた時代に彼は流行歌ばかりを口ずさんでいた。

長崎に原爆が投下されておびただしい人が死んで、街も廃墟となった。そして終戦。街も少しずつ動きはじめ、闇市に人が群れ集った。そうした混沌のなかに奈良光枝の歌がきこえるようになり、私と庁岡広守は「悲しき竹笛」をよく唄った。

学校にも行けず、幼い体で家事を手伝い、不良っぽく振舞うことで自分を支えていたような彼だったが、被爆後三、四年して原爆症で死んだ。ちょうど同じ頃私も病気で彼の見舞いにも葬式にも行けなかった。話では庁岡広守の骨は少しだけしか残らなかったという。

この世を駆けぬけるように彼が逝って四十年が過ぎた。四十年彼より多く生きたことにどんな意味があったのかわからぬが、私はラジオから流れる「悲しき竹笛」をききながら、遙か遠い日に、学生帽を斜めにかむって草刈鎌をふるっていた庁岡広守のことを切なく思い出す。

ああ花のいもこも
やさしくうかび
我を泣かせる歌の節

私の心に沁みて消え去って行く歌声もまた故人となった人の唄う歌である。

アロエ

子供の頃からアロエは萬病の薬だときかされてきた。真偽のほどはわからぬままに大人になったが、誰からともなく聞かされた萬病の薬というそのことだけは私のなかにのこりつづけてきた。

アロエの愛用者は私の身のまわりにも多い。胃の薬、緩下剤、火傷の手当てに、とアロエの守備範囲は結構広いようだ。漢方薬としてよく使われているようだし、最近は化粧品にまでその名をみかける。

じつをいうと私もアロエ愛用者の一人である。薬効成分がどんなものか知らぬのであるが、緩下剤作用はたしかにあるようだし、火傷にも効き目がある、と実感的に思っている。いつか大きな火傷をして、植皮手術をしなければ治るまいと医師からいわれたものが、アロエのゼリー状の部分を傷口に貼ることを繰り返しているうちに、これが治った。アロエが効いたとは断定出来ぬが、治ったという事実だけはたしかに私の実感だった。私はアロエをミキサーにかけ、布でこしたあと水でうすめうがい薬としても用いる。火傷にいいから消炎作用もあるだろうと勝手にきめこんで試みているのだ。

これらは私が勝手に思ってやっているのだから誰にでもあてはまるとはかぎらない。まして私はアロエの薬効宣伝をするつもりもないのだ。

鰯の頭も信心からと笑われそうであるが、アロエ愛用者の私はこの植物を絶やしたことがない。いつも十本近くが素焼きの鉢などで育っている。そのなかのひと鉢のアロエはいまでは樹の高さ一メートルをこえている。葉が繁っているというのではなく、幹が一メートルをこえているということだ。幹の先端に葉が五、六枚ついていて、ちょうど椰子の木をみるような感じである。人はこのアロエをみて樹高が高いのに感心するが、葉が少ないのには溜息まじりに可哀相という。

この鉢のアロエはもともと近くのN老人が育てていたものである。老人は竹細工に器用な腕をみせていて、頼まれるとざる作りからうなぎ捕りの籠まで編んでいた。七十歳を過ぎても単車をのりまわし、竹を切りに行ったり籠をとどけに行ったりしていた。しかし老人もその老いには勝てず、耳が遠くなり、おかずの用意をしていては鍋をこげつかせることが再三となり、やがて足が不自由となり、その行動に呆けもみえるようになって、熊本の娘夫婦のもとへひきとられて行ってしまった。私の手もとで幹が高くなっているアロエはこの時、老人が私にのこしたものである。

老人にゆずられたアロエを私が育てるようになって十年近くがたってしまった。挿し木にすると丈が短くなって葉もいっそう大きくなることを知っているのだが、茎を切ると老人のいのちを縮めることになるような気がして、のびるままにまかせてきたのだ。

今年の初夏の頃、その老人の訃報を私はうけとった。九十歳だったというからN老人は長生きだったと思う。私は義弟の初盆に熊本へ行った際に老人の佛前にも線香を手向けさしてもらった。小さな佛壇でまたたく灯明は娘夫婦にひっそりと見守られていた。

老人がのこした軒端の陰のアロエは今年も初冬の陽を浴びている。それを縁側にいて眺めながら私は、人が死んで一本の植物が生きのこっている現実をなにか非情とも思ったりする。

芳工のこと

熊本県人吉市から国道二一九号線を球磨川にそって十数キロ下ると、中園という地名の所がある。そこから球磨川にかかった橋を渡ると、一勝地駅があり、駅から五、六キロ山へむかって行くと峻険な岩山を仰ぐ山の中腹に、一勝地焼の窯場がある。昔は相良藩の流刑地だったといわれる所だが、いまは道路上に住宅と工房があり、道下の畠の斜面に十数基の墓石が並び、少し離れて登り窯があって、のどかな風景をみせている。

一勝地焼の創始は安永五年とされているが、窯は二度中絶し、こんにちの窯は三度興されたものである。創始者は右田伝八であり、古い文書によると伝八は「若年之時分ヨリ御役所手代相勤其後江戸詰数度相勤」とあるので、郷侍でもあったのだろうか。伝八は一勝地焼開窯四年ほどまえに城本という所に城本焼の窯をひらいているが、これらの窯で焼いた焼き物が、相良藩の財政に一定のうるおいを与えていたことも知られている。右田伝八は相良藩の罪人を使って窯業を盛んにして行った。

私は一勝地焼窯元を三度ほど訪れたが、そのなかでそこで修行中だった青年と知り合い、興味ある文書の写しをみせてもらったことがある。それは右田伝八、弟の助衛門と薩摩竜門司焼の川原芳工との間に交流があったことを物語る内容のものだった。

三、四百年まえに日本で焼き物が盛んになって以来、陶工たちが遠くまで指導や修行に出かけたりして、交流があったことは知っていた。だが私は芳工が右田伝八の営む窯場に指導に行ったことがあるというその事実を知らなかったのだ。

私が青年にみせてもらった文書は「陶器一件取立之件」と表題をつけたもので、その一部を紹介すると、「伝八弟助衛門安永三年春薩州（大隅）高崎江罷越川原十左衛門ト申仁之処ニ参念頃咄合十左衛門殿土細工明（名）人ニテ助衛門申候ハ拙者兄伝八ト申者弐三年焼物之打立候得共元来不案内ノ事ニテ当分肥前表ヨリ細工人等四五人モ参居候得共自分々々之勝手者ニテ毛頭焼物之世話致呉候者壱モ無之只今之分ニテハ無心元難澁之事ニ御座候ト咄致候得ハ十左衛門扨々夫ハ御心遣之事拙者忍ニテ細工人共召連罷越御嘉（加）勢可申ト念頃ニ被申即安永三年四月十左衛門被参段々念頃之教方夫ヨリ細工人十左衛門一類之内ヨリ両三人宛替テ参呉候ニ付少々勘定合モ宜敷伝八子共姉（妹の誤りか）利助共ちょか作其他小細工仕習候事」とある。

この文章を読むと相良藩の財政をたすけた窯業の、開窯当時の苦労がよくうかがえる。もともと素人の伝八は窯をひらいて焼き物作りをはじめたもののうまく行かず、肥前より陶工を呼んで教えを乞うたが、これらも勝手者でよく面倒をみてもらうことが出来ず、思い余って薩州高崎の川原十左衛門に泣きついたということである。川原十左衛門とは薩摩焼中興の名工といわれた竜門司焼の川原芳工のことである。この文書の記述が誰によったのか不明で、当て字などあって読みづらいところはあるものの、味読すると民話を読むようなあたたかさと素朴さを感じさせる。芳工が人吉を訪れたのが安永三年とあるから、おそらく伝八が城本窯にいた頃のことと思われる。

平成元年十二月には八代—人吉間の高速道路が開通し、人々の生活はいっそう便利になり、多忙になって行くにちがいない。それと同時に球磨川ぞいの集落や風景もしだいに忘れられたものになって行くのだろう。

竜門司焼のある加治木から人吉まで四〇キロ余りの道である。車で走ると約一時間の距離だが、道路もまだ山径の悪路だったにちがいない二百年も昔に、他人の難儀をみすてておけずに「扨々夫ハ御心遣之事」と助衛門の訴えにこころよく応じて旅した川原十左衛門芳工の心が、なぜかいまに思われたりすることである。

雨ニモ負ケズ

最近宮沢賢治が問いなおされているという。作品を多く読んではいないが、なぜか宮沢賢治の作品には木枯しの感じがよく似合うような気が私にはする。作品を多く読んでいないからかも知れない。

宮沢賢治には根強い愛読者や心酔者がいて、賢治がらみの出版物は毎月のように出ているといわれる。「手帳より」のなかの「雨ニモ負ケズ」ではじまる詩は、宮沢賢治の名は知らずとも、口ずさんだことのある人は多いだろう。私には「風の又三郎」がもっとも印象にのこっている。小学校四年の時だったという気がするが、学校の工作室で観た映画の記憶は、いまも鮮明である。ガラスのマントを着た又三郎に孤独を感じて、ひどく寒い思いをしていたことを憶えている。

宮崎県都城市梅北に共働農場「なのはな村」というのがある。そこでは社会的に「知恵遅れ」と呼ばれる人たちが、主宰者の家族とともに、鶏や山羊を飼い、無農薬による農業を営んでいる。主宰者の藤崎芳洋さんは宮沢賢治に心を動かし、それを実践のなかで噛みしめていられる人のようである。まだ若いが「なのはな村」村民から「お父さん」と呼ばれていて、優しい声と笑顔と、それにも増して生きるものへの慈愛に溢れた眼差しがいい。先日この共働農場「なのはな村」で「みのりのまつり」がひらかれ、案内をうけて私も友人たちと参加させてもらった。ひろびろとした畑地帯の一角の台地に、住宅と集会室と倉庫と鶏舎が、まわりの風景を遮断して建っている。そこの小石などの散らばっている庭に数張りのテントが張られて、模擬店が並び、写真や子供たちの絵が掲示され、その空間を体や心に障害を負った子供や乙女や青年や家族や多勢の参加者が埋めていた。そうした情景を暖かい冬の陽射しが照らしていて、ふとブリューゲルの絵の一点をみるようであった。もちつき大会、フォークコンサート、紙芝居、パントマイム、綱引き、子供相撲と、そこでは障害者、健常者すべてが出演者だった。喜々とした子供たちの声が空へ駆けのぼり、大人たちの声援がとぶなかにいて「多様な人間存在が織りなす生活空間が社会そのものである」という文章のくだりを私は思い出した。

最後は東民正利コンサートでしめくくられた。瓶ケースを並べた上に畳一枚を敷いただけの粗末なステージで、坊主頭に髭をたくわえた東民正利は求道者の風貌を思わせた。十一弦ギターというかなり高度なテクニックを要するらしい楽器を爪弾いて、宮沢賢治の詩を謳う彼の演奏は、ある時は囲炉裏端で昔話をきくようであり、ある時は怒りや哀しみに色どられてきこえた。そしてその声は高く低く樹々の梢を鳴らして過ぎる木枯しの音に似ていた。
コンサートが終わって会場を出ると、外は寒気の厳しい夜になっていた。聴衆が散って行く庭では車のヘッドライトの光が交錯し、光にうかびあがる人影は肩をすぼめていた。

雨ニモ負ケズ
風ニモ負ケズ

ブリューゲルの絵を思わせた昼間の世界を脳裏にうかべながら、あらためて私は子供や乙女や青年たちの未来に、宮沢賢治の詩をおいてみたのである。

おみくじ

自分ですすんでもとめた信仰はもたないが、私は神社や仏閣を訪れるのが好きである。旅行先やドライブの途中で神社や仏閣をみかけると、たいていの場合寄ってみる。なにに魅かれるのかと問われても、しかとした答えは出来ない。しいていえば神社や仏閣には私のうまれる以前に過ぎ去った時の痕跡があり、いまもつづいている時が感じられるからである。古い仏像をみるとそれが刻まれた時代とそこで生きた人々を思い、神域にそびえている杉や楠の老木をみると、樹々が若木だった頃の人間の営みを思ってみたりする。

それらとはまったく次元の異なったことだが、神社を訪れる際に私にはもうひとつ別の楽しみがある。それはおみくじをひいてみることである。私は神社の拝殿のまえにたつと必ずおみくじ箱があるかどうかをみる。赤く塗られた箱がみえると私は小銭をとり出し、それをあの小さな穴に押しこむ。ばかばかしいといつも友人たちに笑われるが、それでもやまない。おみくじに書かれている卦を信じるのではさらさらない。

去年は熊本で宮本武蔵が『五輪書』を書いたと伝えられる洞窟を訪れた際に岩戸観音で、帰りに鹿児島神宮に寄ってそれぞれおみくじをひいた。おみくじをひく時に神社によって三十円だったり五十円だったりするのが、なんとも腑におちない気持ちだが、岩戸観音でひいたのが「大吉」、鹿児島神宮のが「吉」であった。これはいいことが書いてあるかも知れないと思って読むと、

待人　障りありて来らず
恋愛　うまく行かず後によし
失物　出でず下方にあり

といった類いの予言であった。

平成二年一月五日に、大根占に建設中の神川大滝橋をみに行った帰り、吾平山陵に寄ってみた。そこではまだ元旦の名残りのにぎわいをみせていて、駐車場には車が満杯で、十軒余りの露店が並んでいた。

ここではおみくじを露店で売っていた。世の中には私のようにおみくじを楽しんでいる人も多いとみえて、露店のまえの木の枝や柵の針金に読み終えたあとのおみくじが無数にゆわえつけられていた。私は早速百円を入れておみくじと豆粒ほどの御神像を買った。私に出た卦は「小吉」であった。

待人　時後れて必ずくる
恋愛　諦めて再出発せよ
失物　男にとうて探せ
争事　勝つ人に頼むが吉

「どうせいいことばかりしか書いてあるまい」という友人に、

「おいおい、そうばかりでもないぞ。恋愛は諦めて再出発しろなどと絶望的と思わないか」

と私はおみくじをひらいたまま冗談をいって笑った。

私はこうしたおみくじを境内の樹木の枝などに結びつけたりしないで、ポケットに入れて持ち帰る。どうせどこかで大量印刷されているおみくじだと思っているのだが、私の知らぬところで私の人生の断片に予言を与えてくれる者がいて、その予言が何十円かで買えるというのが、私にはまたおかしくも楽しいのである。

春の目白

目白が囀《さえず》る季節がやってきた。籠に飼われているものは早くから高鳴きをはじめるようだが、自然にとびまわっている目白の高鳴きを里で耳にすることは、滅多にない。冬の間、里に降りてきていた鳥たちも、繁殖期が近づくと、ほとんど奥山へ帰ってしまうからだ。

地方によっては目白のことをハナシと呼ぶ。これは花吸から訛ったものらしいが、花吸とはじつに美しい呼び名である。私が子供の頃は目白の高鳴きのことを、高音を張るといっていた。高音をきかせるまえに、グジュグジュ、グジュグジュと独り言をいっているように囀っているのを、小囀る、といい、この鳴き音をはじめるようになると、いつ高鳴きをするようになるかと、息をころして籠の目白を見守っていたものだ。

私の室のまえの庭にはこの冬も目白やひよ鳥やじょうびたきがやってきた。ピラカンサの実をめがけて毎年やってくる鳥たちである。去年は夏に大きな台風が襲来したので、この冬は鳥たちが大勢でやってくるにちがいないと、私は台風で荒らされた庭をみながらそう思っていた。

しかし私が心待ちにしたほど小鳥たちの数は多くなかった。

それでも庭の木の実はまもなく食べ尽くされ、その頃から蜜柑を輪切りにして、木の枝に刺してやる私の小鳥への給餌ははじまった。店で蜜柑を一キロ買ってきては、それがなくなるとまた店へ出かけて行くという調子である。

私は目白が好きなので蜜柑は目白にやっているつもりだが、それを盗み食いするのがひよ鳥である。せっかく目白が可愛い仕種で腹ごしらえをしていると思うと、いきなりひよ鳥がやってきて、わがもの顔に枝を占領するのである。目白はひよ鳥をみると一目散に藪陰に逃げこみ、ひよ鳥はそんな目白を威嚇するように猛々しい声をあげるのである。ひよ鳥はときには蜜柑の厚皮まで食べる貪欲さをみせる。

三月になるとさすがに庭にくる目白もひよ鳥も数が少なくなって、今年は三月なかばを過ぎて、ひとつがいの目白と一羽のじょうびたきが残った。庭木の新芽も日毎にのびて、藪椿も散り残りの季節である。私は三月になっても去ろうとしない目白にやはり蜜柑を与えているのだが、最近はひとつの気がかりを覚えるようになってきた。この目白は餌を与えているので奥山へ帰る季節を忘れてしまっているのではないかという気がかりなのである。

蜜柑を与えないでいると諦めて山へ帰るかも知れないと思って、ある日私はそれを試みた。ところがそうすると目白は庭で、いかにも催促しているように、チー、チーと鳴くのだった。

その声をきくと私はじっとしておれなくなってしまうのである。

櫻の花が咲き初めた。店から買ってくる蜜柑もうるおいがなくなった。つがいの目白はやはり帰らない。繁殖期がくると自分の思いすごしなどには関係なしに、目白は山へ帰って行くのだ、それが自然の摂理だと思いながら、私は淋しいような困ったような気持ちで、輪切りにした蜜柑を木の枝に刺している。

木喰五行

宮崎県西都市国分寺に木喰五行の手になる五智如来がある。国分寺は西都原古墳群の近く、国道をわずかに外れたところに、御堂といった感じで建っている。参道の両側に仁王像が据えられ、寺の横には銀杏の老木がそびえたっている他は、僧侶の姿もない寺である。

御堂のようなこの寺に木喰五行の刻んだ五智如来は安置されている。堂内にはいると建物の正面の壁全体をおおうようにして五体の如来が座していて、木像のその大きさにまず驚かされる。高さが二メートル六一から三メートル一五センチ、それも座像なのである。中心に安置されている如来像の頭部は天井をつきぬけている。如来の頭が天井をつき破っているというのではなく、頭がはいる部分だけ天井を一段高くしてあるのだ。つまり国分寺はこの五智如来を風雨にさらさぬために造営されたものであり、寺が御堂といった印象であるのも、これによって合点が行く。

西都市国分寺の五智如来は木喰五行七十五歳から七十七歳の作といわれる。木喰は二十二歳で出家し、四十五歳で木喰戒をうけ、九十二歳でその生涯をとじている。

木喰戒とは穀類を絶って、火を通さない木の実や草などを食べて修業することをいう。木喰五行は生涯この戒めを守り、日本全国をめぐって千体の仏を刻むことを発願、実際に念願を成就している。難行苦行というが、現代の人間の想像をはるかに超える苦行だったにちがいない。

木喰仏を知っている人は、そのほとんどが微笑仏を思いうかべるにちがいない。顔の輪郭がまんまるで、頬もまんまるに盛りあがり、目尻がさがって、満面に笑みをたたえている仏である。

だが、この微笑がうまれたのは西都市の五智如来のあと、木喰五行晩年のことといわれる。

まるまるとまるめまるめよわが心
まんまるまるくまるくまんまる

木喰五行がこうした悟りの境地に達したのは、日本全国を難行苦行を経験して巡り、ようやく晩年に至った頃である。

穀物を絶って、火を通さない木の実や草を食べるだけの木喰戒を守り、日本全国を行脚して千体の仏を刻んだ木喰五行。飽食の時代を生きる現代人に、人間が生きる姿の一端をのぞかせているように思うのは、私だけであろうか。

木喰も悟りてみれば
されかうべ
よくよくみれば
もとの土くれ

春蘭と男

春蘭と呼ばれるラン科の植物がある。山野に自生し、淡い黄緑色の花茎をもたげる。私どもが近くの山でみかける春蘭は、早春に花をみせることから漢名の「春蘭」をあててあるらしい。ほんとの春蘭は中国特産の別種で、香りも高く高価だといわれる。

私が庭木の陰に鉢植えにしているのは、そこらの山に自生している春蘭である。手入れをして栽培しているというのではなく、いわばほったらかしのものである。

それでも植物は律儀に毎年花茎をもたげる。

今年も春一番が吹いたあと、なにげなく庭木の陰に寄って行ってみると、小さな鉢のなかに、鞘状の包葉をつけた蕾が、四つほどみつかった。それをみると私は、ああ、今年も春がきたのだな、と思い、下草にかくれている鉢をとり出して、しみじみと眺めた。

私が初めて春蘭をみつけたのは、鹿屋にきてからである。二十数年前になるのだが、観音竹を育てていて、その植えかえをするためのしらすをさがしに行って、たまたま林のなかでみつけたのである。植物図鑑などをみて知っていたわけではないが、足もとに咲いている地味な花をみた時、私はなんの疑いもなく春蘭だと思った。私はそれを掘り採って帰った。
二、三年は花をつけていたが、いつかその時の春蘭は私のところから姿を消した。
現在私の手もとにあるものは、山芋を売りにきた男にもらったものである。古びた単車の荷台に山芋掘りに使う道具と、その道具の柄にそわせるようにしてかずらで山芋をくくりつけた男は、夕暮れ刻にやってきた。彼は私を尊敬してくれていたのか、誰に対してもそういっていたのか知らぬが、××さま、××さまといって勝手口に姿をみせた。そして彼は掘り採ってきた山芋を買ってくれといった。最初運んできたものは一メートルほどの見事な山芋であった。日常料理などすることのない性質なので、私が渋ってみせると彼は、春蘭をつけるから買ってくれといってねばった。春蘭がほしかったわけではないが、私は男が掘り採ってきた山芋に感嘆して、男に金を渡した。

その時の山芋は始末に困って友人にわけたのだが、春蘭だけは鉢に植えてのこした。

あれから四、五年になる。春蘭はいまでは鉢一杯に茎も増えて、年々の花を開いている。白い唇状の花弁は紅紫色の斑点をつけ、淡い緑黄色の花を形成している。ただこの春蘭を山芋にそえてくれた男は、病気でもしているのか、ここ二年ほど初冬の夕暮れ刻になっても姿をみせない。

目白籠

子供の頃目白を飼っていたことがある。戦時中のことだが、従兄から一羽の雌をもらったのがはじまりであったと思う。雌は羽毛の色も鮮やかではないが、それでももらった目白の可愛さにひかれて、私の目白飼いは高じて行った。どこか哀しげだがよく透る鳴き声。目の白い縁どりやライトグリーンの羽毛。それらに私は小さい命を掌中にしたようなよろこびを味わっていた。秋になって里におりてきた目白が、身近に声をきかせるようになると、私は目白捕りのことを思って、早くも落着かなくなった。囮籠を風呂敷に包んで、とりもちを入れた瓶をポケットにしのばせて、私は季節がくると目白捕りに出掛けた。そしてとりもちに目白がかかるのを待って、日がな一日山のなかにひそんでいた。囮籠に近づいた目白がとりもちに足をとられて、くるっと反転してさかさ吊りになった時の心のときめきは、いまも忘れない。

目白を飼う楽しみは、目白捕りのよろこびに加えて、自分のものが友だちの目白より姿や色が美しく、どれほどよく囀るかを、ひそかに自慢に思っているところにある。それで水浴びをさせたり餌に心を遣ったりして、かいがいしく世話をすることになる。いまでこそペット店に行けば配合した餌なども結構間に合うが、私の子供の頃は目白の餌といえば甘藷ときまっていた。だが、甘藷の餌だけを与えていると栄養がかたよるとみえて、目白はしだいに羽毛の色があせて、艶を失って行く。それでかずらのなかで冬をこしている虫をとってきたり、米や大豆の煎ったものを粉にひいて、魚粉などをまぜて与えたりした。

目白籠は普通ひごの大きな、目の粗いものが多いが、なかには手のこんだ細工のものがある。ひごが繊細で、四すみの柱が角になっていて、底の箱には漆が塗ってあり、扉の飾りのガラス玉も円い玉よりダイヤのようにカットしたものがつけてあるといった具合である。餌猪口にしても凝った作りがあった。

戦争がひどくなり、連日のように空襲警報が鳴り渡るようになると、長崎の市街地ではあちこちで疎開の家壊しがはじめられた。空襲で火災が発生した場合の延焼を防ぐためである。

その頃、眼鏡橋の袂に一軒の骨董店があった。埃っぽい店内には古い書画や鎧甲、壺などが所せましとおかれていた。この店に立派な作りの目白籠が吊してあった。細いひごには渋がひかれていて底の箱は朱と黒の漆塗りで、扉のガラス玉もカットしたものがつけられていた。餌猪口は格子縞のはいった白磁だった。いかにも大人の道楽のために作られたという感じのものである。

それをみた時、私はたまらなくほしくなった。だがたまにもらう小遣いで買えるような品ではなかった。自分の目白をその籠に入れた時のことを想像しては、心を躍らせ、買えないことに絶望した。私はなんども店をのぞいては籠が売れないでいることをたしかめ、わずかに安心した。

その目白籠をどういう理由をつけてねだったのか忘れたが、私は手に入れることが出来た。母が叶えてくれたのである。おそらく戦争が激しくなるいっぽうでの疎開騒ぎで目白籠など売れるはずもないと踏んだ店の主が、安くで売ってくれたのだろう。私はその籠に自分のもっとも気に入っていた目白を移した。

長崎を離れて三十数年後、ちょうど水害で眼鏡橋がこわれたあと、私はまだ被害の痕跡がなまなましい橋を訪れた。その時いまはもうないだろうと思っていた骨董店が店をひらいているのをみて、私はひどく懐しい思いをした。店の主人は私が子供の頃にみた老人とまったく同じほどの年齢で、昔がそっくりそのまま再現されているような錯覚に陥った。おそらく後を継いだ息子なのだろうとそこを離れながら私は思い、同時に、自分を通りすぎた時間をあらためて思い出していたのでもある。

犬

去年の春、友人のところに仔犬がうまれた。うまれたのは六匹だが、いつのまにか二匹になっていた。

残された二匹は、おおまかにいって茶と黒の犬だった。最初が茶色で、黒は六匹のいちばんあとにうまれた。

黒は体もやや小さく、親犬の乳房にもなかなか吸いつけずにいた。歩きはじめるのも黒が遅かった。

二匹が同じような体つきに成長したのは、自分の肢で歩きまわるようになってからである。

私は申年うまれなので犬とはいわば犬猿の仲である。だが友人のところの親犬の「クロ」と、うまれた仔犬はなぜか可愛いくて、一日一回は顔をみに行った。犬が私になついたのではなく、私が犬の御機嫌うかがいに行き、そこにお互いの協調というか、愛というか、そんなものがうまれたわけである。「クロ」はなじみのない人にはしつこくほえるが、私の足音をききつけると、尻尾をふって喜んでくれるので、それをみると無条件にかわいくなったのだ。たとえ犬であっても、自分が歓迎されていると思うといい気分になる。人間の心情とはつきつめてみれば、たかだかこんなところにあるのかも知れない。

先に述べた二匹の仔犬、茶と黒は順調に育って、お互いにじゃれ合ったり、地面に腹這いになって人にほえる真似事をするようになった。この頃になると犬にも性格がみえてきて、茶色は人なつこくて、抱かれてもおとなしく、すぐ甘え声を出したが、黒のほうはきかん気の性格をみせはじめた。私が抱きあげても体をよじって逃げ出そうとし、歯をむき出してキャンキャンと鳴きたてた。兄貴分の茶色を追っかけて行っては、首すじを噛んでひき倒した。組み敷かれた茶色は情けない声を放って鳴くばかりである。黒はお座りやお手をおぼえるのも時間がからなかった。

二匹の仔犬とも貰い手の話があったが、結局茶色を望んだ人は辞退し、黒だけがまもなく貰われて行くことになった。

黒が貰われて行く前日に友人宅を訪れてみると、黒は真新しい首輪をはめてもらって庭を走りまわっていた。馬子にも衣裳というが、犬も首輪をつけるとそれなりに飼い主のいる犬らしくなるものだということを、私は発見した。いっぽうの茶色の犬はうまれたままの姿である。どこか間がぬけて毛並みもうす汚れてみえた。

黒が貰われて行ったあとも茶色の犬は貰い手がないまま、親のそばでごく自然に育っていた。首には親のおさがりの、皮の表面もがさがさになった首輪を申しわけのようにつけられて、私が行くと相変わらず甘ったれた声を出して寄ってきた。半年もするとずいぶん大きくなって、友人も処分に困っていたが、御当人はいたって呑気な様子だった。

貰われて行った黒が仕合わせか、親のもとで飼い主の困惑をよそに走りまわっている茶色のほうが仕合わせか、人間様には計りがたい。

その後黒がどうしているか噂もきかぬが、茶色のほうはしばらくして交通事故に遇って死んだ。

「能と狂言」を観る

昨年の十月だったか、ある方から「能と狂言」公演のチケットをいただいた。十二月五日、鹿児島県文化センターでの公演である。

能、狂言といったものには、普段のなじみがない。能面については心惹かれるものがあり、能そのものについても、六百年の歴史をもつ芸能とあって、それなりの関心はもっている。しかしテレビで放映される静止画像を観るような動きと、地謡の文句のわからなさについていけず、いつも途中でチャンネルを変えてしまう。

公演当日、私は能をじかに観れることに期待して、垂水からフェリーに乗り、開演三十分まえには会場に着いた。車の窓ごしにみる鹿児島の街は師走最初の日曜日ということもあってか、いたずらに喧騒のなかという感じがした。冬の装いの人々はそれぞれ己の目的をもって、足早に、あるいは緩慢に動いており、車は硬質の輝きを放って、路面を疾駆していた。高い建物の間には光と影、色彩と音の諧調がひそんでいた。

開演時間が近くなると会場の半分ほどが人で埋まった。演題は能の「隅田川」と「船弁慶」、狂言の「佛師」である。能は曲目の内容によって五種類に分けられ、「神男女狂鬼」といわれるそうである。初番目物は神、二番目物は男、三番目物は女、四番目物は遊狂、物狂、五番目物が異形、鬼の類いである。この五番の間に滑稽な狂言をはさみ、番組構成に変化をもたせるのだという。当日の「隅田川」は四番目物、「船弁慶」は五番目物であつた。

能舞台は文化センターの正面に設けられ、一の松、二の松、三の松が置かれていて、後見によって作り物が据えられた。そしてそれぞれ地謡座、後見座の人も揃った。

会場は一瞬息をのんだような静寂に占められたが、間を置かず鼓の音がその会場を切り裂き、ワキ、ワキツレ、シテが登場すると、四本の白木の柱でかこまれた舞台がひとつの宇宙を形成した。「隅田川」のストーリーは、わが子を探しもとめて旅する狂女が、その子を探しあてた時は、子はすでに塚の下に葬られていたという、単純なものであった。しかしそれだけのストーリーであっても、ほとんど動きがないといえばいえる動きのなかで、それを演じきろうとする能楽師の緊張感は、能を観るのは初めての私にも強く伝わってきた。

だが、深い鑑賞力をもたない人間の悲しさだろうか、いつか私は能舞台と観客と、観客の背後に動いているすさまじいばかりの現代を、俯瞰図としてとらえ、それに心を遊ばせはじめていた。舞台では六百年をさかのぼる芸が演じられており、観客の背では現代が、早送り画像をみるようなあわただしさで動いているのである。私は舞台に目を向けたまま、現代の喧騒を背に負って、六百年の歴史を閉じ込めた舞台を観ている人間は、いったい何者であろうと考えていた。そして私の脳裏にうかんできたのは、人はいずこよりきて、いずこへ行くのか、という言葉である。

会場を出ると師走の街に原初そのままの太陽の光が斜めによこぎっていた。

庭の景色

私の部屋のまえには三坪余りの庭がある。もともとは花壇を兼ねた菜園用のものだが、この庭に知人がくれたピラカンサを一本植えた。もう十数年もまえのことだ。

このピラカンサを横に這わせる格好にのばし、棚をこしらえて支えてやってから、枝はまもなく庭をほとんどおおいかくすまでになった。ピラカンサは成長の旺盛な花木だ。

春の終わり頃、枝にはびっしりと白い小花がつき、初冬の頃には直径五ミリほどの実が、光沢のある緋紅色に熟する。濃い緑の葉を背景に、つややかに輝く色は、色彩にとぼしい冬枯れのなかでいっそう好もしい色として目に映る。

ピラカンサの実は人の口には合わぬが、この実が成るようになって、私の庭には毎年小鳥が律儀にやってくる。目白、ひよどり、じょうびたき、つぐみなどである。山の木の実が多いか少ないかに関係するのか、小鳥たちの数はその年によって多かったり、少なかったりする。

毎年小鳥たちがやってくるようになって、庭に変化がみられはじめた。植物の変化だ。私が庭に植えたのはピラカンサとつつじの一本であったが、その内、山椒、いぼた、はぜ、柴、ゆずり葉までが芽を出した。小鳥たちがよそで食べた実の種が落ちて、発芽に至ったのだろう。

最初の内はこれらを下草といっしょにぬきとっていたが、この二、三年は、自然のままにまかせてみようかという気になった。いずこも知れぬ場所から運ばれてきて芽を出した植物のいのちへの愛おしさもあったが、庭の手入れをするのが、面倒臭くなってきたのも理由のひとつである。去年は建築工事にきた作業員が山椒をみつけてほしがったので、分けてやった。

はぜは葉の形からすぐはぜの木だとわかったけれど、わからなかったのは、ゆずり葉である。楕円形で肉厚の葉がのびているのをみつけた時、何の木だろうと思った。私はそれまでゆずり葉の木をみたことがない。正月の鏡餅にうらじろといっしょに飾られているのをみたことはあったが、それも子供の頃のことだ。誰それに訊ね、辞典をめくったりして、やっとゆずり葉であることをたしかめた。

いま私の部屋のまえの庭には、いぼた、ゆずり葉、はぜ、柴などがのび放題となり、藪ともちょっとした森とも知れぬ風情が現れている。台風の折に棚が崩れたままに放置されたピラカンサの枝は地面に埋もれた格好になっている。手入れの行き届いた庭園を好む人には、荒れ放題の庭とひんしゅくを買う景色かも知れない。

この冬は去年の台風の影響で、山の小鳥たちが大挙して里にやってくるかと思っていたが、意外とその数が少なかった。人工林が増え、原生林の伐採がすすんで、小鳥の数そのものが減っているのか、あるいは私の庭だけに少なかったのか。首をかしげてみるのは、暇だからかも知れぬ。

作家の賀状

最近電話の普及によって、手紙を出すことも、貰うことも、間遠くなった。電話では、用事もすぐ伝わるし、相手の声の調子で、感情の動きのいくらかも読み取れる、少々の無責任なお喋りをしても聞き流してもらえて気も楽だ。だが手紙となると書くことそのものに気を使うし、用事も相手の返事を待つ間、宙に浮いた格好になる。しかし手紙の良さは、いつまでもその当時の様子や、相手の気持ちが残っているので、古い手紙類をみると思わず懐かしさがこみあげてくる。

私は律義に手紙を保存しているほうではないが、それでもかなりの量がある。年賀状も十年ほどのものがある。

村田喜代子という芥川賞作家が、九州にいる。最近の「蕨野行」も時評などで話題になっているが、受賞作は「鍋の中」という作品で、黒澤明監督で映画にもなった。

この作家を私が知ったのは、彼女が同人雑誌時代のことで、おそらく二十年余りまえのことである。彼女の作品に大きな刺激をうけた私は、その感想を書いた手紙を、編集部にだったか、本人にだったか覚えていないが送った。後日返事をもらい、内容の一、二行はいまも記憶にある。その後賀状を出すようにもなった。

昭和五十一年彼女は、「水中の声」という作品で九州芸術祭文学賞最優秀作を得、昭和六十一年に「熱愛」、「盟友」で、芥川賞の上、下半期の候補にのぼった。この頃の彼女は気持ちよく作品が書けていたとみえて、昭和六十一年の年賀状には次のように書かれている。「時代に逆行して中古タイプを買って、一人誌をつくってます。タイプの面白さに夢中です。執筆いかがですか」。この時彼女は自分の作品が芥川賞候補になるとは、夢にも思っていなかったはずである。

昭和六十二年が明けて私が九州芸術祭文学賞最優秀作を受賞し、その時彼女から祝意を書いた手紙を頂いた。受賞式には出席したいが、都合があって行けないだろうという文面だったと思う。私と彼女は十数年来の手紙の上でのつき会いだったが、直接の面識は一度もなかった。

九州芸術祭文学賞の贈呈式は、昭和六十二年三月十日に西日本新聞会館で行われた。出席は各地区優秀作、次席者、各地区選考委員、中央選考委員、それに報道関係者などであった。

贈呈式は選考経過について「文学界」編集長の湯川豊氏、直木賞作家の五木寛之氏の話があったが、その二人の話の間に、司会者から村田喜代子さんが紹介された。彼女は私の一列後の左隣の席に掛けていたのである。私は都合で出席出来ないだろうという便りを読んでいたので、当てにしていなかった。彼女は白いブラウスに黒のスーツ、茶色のショルダーバッグの紐を肩にかけた、シンプルな服装だった。

贈呈式後のパーティーで彼女とはいろいろと話をしたが、内容はほとんど記憶していない。ただ彼女に今年は芥川賞受賞は間違いないだろうといったことだけは覚えている。彼女は、さあ、と小首をかしげていたが、四カ月後「鍋の中」という作品で彼女は芥川賞を射止めた。そして翌昭和六十三年の私への賀状には、

新年の星刻々に動きおり
新年の陽が満ちてくる鍋の中

この二句の俳句がタイプで打たれていた。

その後村田喜代子という作家は、目ざましい活躍をしている。私は彼女の新聞掲載のエッセイなどはほどんと読んでいるが、いまではその作品を読みこなすことが出来なくなった。そして彼女の年賀状も間遠くなり、手元に残している幾葉かの賀状が、彼女との交友を語る唯一のものとなりつつある。

母の手紙

この五月に引っ越しをした。引っ越しといっても同じ敷地の隣に移ったのだから、遠隔地に移るのとは、気分がちがう。同じ気温と同じ風景のなかだから、大袈裟に引っ越しというほどのこともないのかも知れぬ。

だが、たとえ目と鼻の先で、ちっぽけな世帯とはいえ、いざ移るとなると、大変さに変わりはない。押し入れなどに収納していたものを引っ張り出してみると、よくこれだけのものが、この狭い住居に入っていたものだと、あらためて驚いた。書籍や資料、趣味で集めた焼き物の類、作品やエッセイを載せた古い新聞、手紙の類である。他人様がみたら、がらくたともいえるほどのものばかりである。

これらも知人や友人の手を借りて、二、三日で新しい住居へ無事に運び込まれた。

引っ越しをしてみて、手紙類が意外と多いのに気づいた。何度か整理をしたはずだが、それでもダンボール二箱分くらいが残っていた。そしてこの数年のものは、未整理のまま、一年分ほどを紐でくくって納めていた。

事務的な手紙は別として、私信というものはなかなか捨てられないというのが、心情にちがいない。すくなくとも手紙を書いている間は、相手は自分と対していてくれたのだと思うと、相手の心をないがしろにするようで、無下に破棄したり焼却したりは、出来ないのだ。

手紙のなかには母からのものもかなりあった。これは私が努めて残してきたものだから、当たりまえといえば当たりまえである。

一般的に親子の間でどれだけ手紙のやりとりをする機会があるのか、よくわからない。あまりないというのが普通かも知れない。手近に電話で話が出来るようになってからは、いっそうそのような気がする。

私は二十歳で郷里を離れたし、まして病気療養のためであったから、母としては気がかりで仕方なかったのであろう。そう考えてみると、子供のなかでも私がもっとも母に苦労をさせた。どうにもならなかったこととはいえ、それは還暦を過ぎたいまでも私の中に、心の疼きとしてある。

母は明治二十六年に生まれ、昭和五十六年に八十八歳で死んだ。

明治の中頃、山深い田舎に生まれた母は、家も決して裕福ではなかったようだ。子守をしながら、寺小屋のような学校で、三年か四年までは読み書きを習ったということをきいたことがある。それで平仮名でだったら手紙も書けた。

私への手紙はいつも宛名は妹か兄嫁の字で、手紙文だけが、平仮名の母の筆跡だった。

こんど引っ越しの荷物の整理をする中で出てきた母の手紙をまえにして私は、この際全部読み返してみようかと思った。手紙の束の一番上の手紙には、昭和四十五年の消印がある。


おてがみありがとう、げんきでなによりですね、かあさんもげんきでおります。みんなからかわいがってもらいますからあんしんしてください。はたけにじゃがいも、ときなしだいこん、いちご、とまと、さやまめ、つくりました。こんなになんでもねあがりではこまります（中略）げんきでいたら、みなさんのおかげとよろこんでいきましょ（中略）いちまんおくりますからこまったときはしらせてくれ、なんとかします（後略）……


便箋二枚に鉛筆でびっしり書かれた文字を読んでいた私は、それ以後を読む勇気がなかった。逆算してみると母が七十七歳の時の手紙である。

薄暗い電灯の下で、机替わりの卓袱台に向かって、鉛筆をもっている母の姿が、いまも私の心に浮かぶ。子供の中で母の手紙をもっとも多く貰っただろう私は、もっとも親不孝者だったともいえる。

初出一覧

遙か過ぎし日
凧揚げの頃に「南九州新聞」二〇〇〇年四月二十一日
ほかは書き下ろし

時どき
梅の花散る「南日本新聞」一九八五年
ゴンドラの中で「南日本新聞」一九八六年十二月五日
酒に徳ありて「南日本新聞」一九八七年一月九日
悲運の仁王「南日本新聞」一九八七年三月六日
幻の窯跡「南日本新聞」一九八七年四月三日
母の像「南九州新聞」一九九九年十二月二十二日
巡礼のごとく「南日本新聞」一九九九年二月十四日
「薩摩」によせる心「南日本新聞」一九七八年十一月十六日
大隅の仁王「朝日新聞」一九七九年十一月二十五日

こだわり「文化ジャーナル鹿児島」一九九〇年
地虫の唄がきこえる「姶良野」一九七五年
焼き物つれづれ「姶良野」一九八六年
文箱のなかの通知表「姶良野」一九八八年
雲仙岳に至る「姶良野」一九九一年
しゃも幻影「姶良野」一九九〇年
目白の去った日「姶良野」一九八六年
稚魚の値段「鹿児島新報」一九八〇年四月六日
小面残像「火山地帯」一九九三年
ふるさとへ「讀賣新聞」一九八六年十二月二日
体の位置と認識「毎日新聞」一九八七年二月十九日

心棲む季
「南九州新聞」一九八九年から一九九四年までの連載

あとがき

昨年は春と秋の二度長崎に行った。子供の頃、夢中になって遊んだ凧揚げをみるためである。

これまでに書いて来たエッセイをまとめてみようと思い立って、新聞の切り抜きや雑誌を出してみて、ふるさとや子供時代のことに触れて書いたものが意外と多かったのにはおどろいた。それにしてもいろいろのところに出かけ、いろいろの人に出会い、その時どきの思いを積み重ねて来たものだと思う。ここには書き綴って来た文章のすべてを収めることは出来なかった。

私にとって今年は古稀の年である。よく生き永らえたものだと思う。五月は療養所暮らし五十年の月である。療養所に来たのは麦秋が燃え盛っているような季節であった。

私がハンセン病を発病した時から、父は生きる気力を失ったようになってしまい、母は溜息と涙に明け暮れた。父はおそらく私が成人することもなく死ぬものと思い、そう思いこんだまま他界した。いま古稀を迎えようとしている息子をあの世からどういう思いで眺めているのか。せめて安堵の思いであってくれればいいがと願う。

遙か遠くへ生きて来た身は、この年月、どれほどの人の手をわずらわしたことだろう。半世紀にわたる人々に礼をいう術もないが、春の景色に言伝てしようか。
出版に当たっては海鳥社の方々にお世話になった。記してお礼としたい。

平成十四年四月

風見治

風見治（かざみ・おさむ）
本名・松尾直（まつお・なおし）
1932年，長崎市に生まれる
1943年，ハンセン病発病
1952年，菊池恵楓園（熊本）に入園
1962年，星塚敬愛園（鹿児島）に移る
1978年，第7回南日本文学賞受賞
1986年，第17回九州芸術祭文学賞最優秀作受賞
著書に『鼻の周辺』（海鳥社，1996年）がある

季《とき》・時《とき》どき

2002年6月15日　第1刷発行

著者　風見治
発行者　西　俊明
発行所　有限会社海鳥社
〒810-0074　福岡市中央区大手門3丁目6番13号
電話092（771）0132　FAX092（771）2546
印刷・製本　株式会社ペイジ
ISBN 4-87415-388-7
http://www.kaichosha-f.co.jp
［定価は表紙カバーに表示］

JASRAC 出 0205730-201